実践・快老生活

知的で幸福な生活へのレポート

渡部昇一
Watanabe Shoichi

PHP新書

実践・快老生活

知的で幸福な生活へのレポート

目次

第一章　「歳をとる」とはどういうことか

第二章　凡人にとって本当の幸福は「家族」である

第三章　「お金」の賢い殖《ふ》やし方、使い方

第四章　健康のために大切なこと

第五章　不滅の「修養」を身につけるために

第六章　次なる世界を覗《のぞ》く——宗教・オカルトについて

第七章　「幸せな日々」のためにやるべきこと

第一章

「歳をとる」とはどういうことか

歳をとってみないとわからないことがある

人生には、歳をとってみないとわからないことがある。八十六歳になった今、そう、しみじみと感じることが多くなった。

これまで私は、「生き方の方法」について、いろいろな本を書いてきた。数多くの読者を得た『知的生活の方法』(講談社)を出版したのが、ちょうど四十年前のことで、私が四十六歳のころのことである。

それから四十年を経た現在、八十六歳の私は、そのころには思いもしなかった感慨を抱いている。そのことを、私自身、とても興味深いことだと思う。

だが、それは当然のことであろう。もし四十年前と何も変わらないのだとすれば、その間、私は何をしてきたのか、ということにもなる。逆にいうならば、現在の私の感慨は、私が歩んできた道のりの一つの到達点としてのものである。であるならば、それは率直に受け止めるべきものであろう。

そこで私は、この本において、現在の私が到達しえた「人生の幸福」についての考え方、そして「快老生活」すなわち「快き老いの生活」の方法について、率直にレポートしようと思う。

自分自身でさえ思いもしなかったことだったのである。まだ八十六歳という歳に到達していない人には、何らかの参考になる部分もあるのではないかと思う。

それに、自分自身が経験し、「なるほど、歳をとるとはこういうことか」と気づかされたことであるから、誰にはばかることもなく書くことができる。

「人生の幸福」や「快い生活」について書こうというのだから、ときに私の自慢話のように響いてしまう部分もあるかもしれない。しかし本書においては、それはそれでよいのだろう。そうでなければ、率直なレポートにはならない。であるから、あえて歯に衣《きぬ》を着せず、隠し立てもせず、思うままに記述していきたい。

「下流」を杞憂《きゆう》するより自らの足下を固めよ

このようなことを書こうと考えたもう一つの大きな契機は、「下流老人」などという言葉が流行《はや》っていると聞いたことであった。

「下流老人」という言葉は生活保護を受給する水準で生活をする高齢者や、その恐れがある高齢者のことを指す言葉らしい。そして、そのことについて書いた本が大いに売れていると聞く。その本の書くところによれば、近い未来、日本の高齢者の九割が下流化するらしい。

もちろん、そのような境涯《きょうがい》については大いに懸念すべきである。病気や不運の重なりなどによってそのような境涯を余儀なくされる人々は、本当に痛ましいことと思う。さらに、そのような境涯にいて精神が荒《すさ》んでしまって心の平安まで失ってしまっているとすれば、本当に気の毒としかいいようがない。そして、現状の日本は確かに世代間格差がある社会なのだから、将来的な見通しについて警鐘を鳴らしておく必要もあるだろう。

しかし、だからといって、ただただ「下流になる」ことに怯《おび》えるのみで生活を送るのは、人生の大きな損失である。つまるところ、自分が老人になったあとの生活というものは、自分がそれまでなしてきたことの到達点であり、自らの「実り」の収穫なのだから。究極的にいえば、よほどの不運に見舞われた人以外は、自らの到達点については自分自身で責任を取るしかない。どんなに「社会が間違っている」と叫んだところで、結局のところ、自分、そして自分の愛する家族の生活は、自分で守るしかないのである。

とするならば、「下流老人」という言葉を聞いて、ただ右往左往するのは杞憂《きゆう》以外の何ものでもない。そんなことに心悩まされる暇があったら、まず一歩を踏み出し、自らの足下を着実に固め、自分の老後を充実させる工夫を一つでも重ねたほうがいい。

そしてそのときには、恐怖に追い立てられて歩むよりも、「こんな快い老後の生活を送りたい」という希望に向かって歩んだほうがいいに決まっている。若い時分からなら、準備のための時間はたくさんある。もう老境にさしかかった人でも、道はいくらでもある。なぜなら、幸福や満足というものは、畢竟《ひっきょう》その人の心の内なるものだからである。

それで私は、自分自身が歩み、八十六歳に到達して、「これが人生の幸福だ」「これが快い老後＝快老だ」と考えるものを、包み隠さず書き記すことにした。幸いにして私は、現在、自分自身では幸福だと思う生活を送っている。また先にも記したとおり、私は若いときから『知的生活の方法』をはじめ「生き方」の本を世に問うてきたのだから、それに対するアンサーブックを書くことも務めの一つであろう。あえて若いころに書いた文章も引きながら、それに対する現在の所感も記したい。読者が各々の「希望」を胸に人生を歩むときの、一つのマイルストーンとなれば幸いに思う。

私は「教訓」を書こうなどとは思わない。老後になってまで「教訓」だなんて、クソ喰らえである。子供ではないのだから、思うままに生きていいではないか。思うままに生きて、なお晩節を汚さないのが、幾十年も人生の山や谷を乗り越えてきて、精神を修養してきた大人のあり方であろう。

だからこそ本書は、教訓の書ではなく、思うままの一つのレポートなのである。

散歩好きだった私が存分に歩けなくなった

最初に、老境を迎えて何が変わったのかについてレポートしたい。

たとえば、こんな顕著な変化があった。それは、『知的生活の方法』でも推奨した「散歩」についてである。

当時、私はこう書いた。

〈私が新しく住居を探すとすれば、近くに散歩のできる場所があるか否かを最重要ポイントにしたいと思う。しかし現実はどうでも、なんとか散歩できる道を探し、毎日散歩することが知的生活の本質的な部分をなすのである。

しかも、散歩は原則として毎日でなければならない。悪性の風邪でもひいている以外は気分に左右されてはならぬ。「雨ニモ負ケズ、風ニモマケズ」、という心がまえが必要である〉

(『知的生活の方法』)

「雨ニモ負ケズ、風ニモマケズという心がまえが必要」とは、今にして思えば随分と勇ましいことを書いたものだが、いずれにせよ私はこよなく散歩を愛してきた。自宅から車で十五分ほどのところにあるお気に入りの喫茶店までタクシーで出かけ、本を読みながらコーヒーを飲み、帰りは自宅まで小一時間かけて歩いて帰ってくることが、私の楽しい日課であった。

だが、散歩が好きでずっと続けていたのに、このごろは足が弱って思うように散歩ができなくなってきたのである。それは私にとって驚くべきことであった。

「人は足から弱る」といわれている。だからであろう、若い医者などは、たいてい「散歩すると元気になりますよ」という。しかし、それが必ずしも真実ではないことを、私はこの歳になって知ることになったのである。

これが歳をとるということなのだ。若い医者は、何の疑いもなく「散歩すれば足腰が強くなって、元気になる」と考え、それを奨める。五十歳、六十歳の人への助言ならば、それでもいい。しかし、八十五歳を過ぎた人間は、「散歩をしろ」といわれても無理になる場合があるということなのである。

若い医者には、「好んで散歩をしていたのに、思う存分に歩けなくなる」ことがどういうことかについての実感はないだろう。もちろん、若いころの私も、そのようなことがあるとは、まったく考慮の範囲外であった。

やむをえないこととはいえ、たとえ医者などの専門家であっても、若い人であれば、歳を重ねることについてどうしても無知な部分があるのである。そういう若い人のいうことには、どうしても限界がある。助言としてありがたく聞いておきながら、しかし、それが的を射ないものである可能性も考えておいて然《しか》るべきだろう。

食事も変わってきた。私の歳になると一日に一食や二食で十分なのである。

若いころは、朝、お腹が空いて目が覚めることがあった。しかし最近では、そういうこともない。会合などに出席した折の食事会でステーキなどが出てくることもあるが、半分は脇の人にあげるというような感じである。かつては一枚平らげることなど苦もないどころか、むしろ望むところであったのだが。昼はあまりお腹が空かないから、ビスケットの二つ、三つで済ませることもある。

論語の中に「七十にして心の欲するところに従って矩《のり》をこえず」という言葉がある。今、この歳になると、なるほど、その意味がよくわかる。矩をこえようと思っても、もうこえられないのである。

平均寿命が延びた現代を孔子の時代と比べるならば、「年齢を〇・七で割れ」といわれる。それに準じるならば、孔子の時代の七十歳というのは、現在の百歳に相当することになる。百歳では行き過ぎであるというなら、せいぜい九十歳くらいであろうか。

であるならば、確かに九十歳、百歳の人にとっては、矩をこえたくてもこえられないことが、実感としてわかる。

歳をとると自然に矩をこえなくなる

「矩をこえず」ということでいえば、こんなこともある。まだ独身だったころは、大学の教壇に立って美しい女学生が一心に学んでいる姿を見ると、「ああ、こんな人が嫁になってくれたらいいな」と思う心も起きなかったわけではない。ところが、結婚して自分の娘ができたら、そういうことは思わなくなった。

より正確にいうならば、自分の娘よりも若い人を、異性としてことさらに意識することはなくなった。さらに孫ができたら、まったくそういう気持ちが起こらなくなった。というより、若い女性を見てもほとんど無関心になった。今は、どんなに美人と一緒に旅行しても、矩をこえない自信がある。

若い女性には関心がなくなり、むしろ私と同じくらいの高齢の女性に関心が出てくる。関心といっても、若いときのような関心とは違い、話が合うから楽しい、といった意味での関心である。

若いころは、孔子のいう「矩をこえず」というのは、さぞかし高邁《こうまい》な境地なのだろうと思っていた。だが、今にしてわかったことは、孔子は実に正直な人だったのだろうということである。凡人でも、歳をとると自然に矩をこえなくなるのであるから。

むろん、八十五歳になっても食欲も異性への関心も旺盛な人もいるかもしれない。個人差もあるだろう。しかし一つの傾向として、自ずと「矩をこえなくなる」ということはいえるのではないか。

そのようなことを予《あらかじ》め知っていれば、人生の悩みに対する考え方も随分変わってくるはずである。たとえば、まだ十分な金銭的余裕がない若きころには、特別な機会などに美食を奮発するかどうかで悩むようなこともあるかもしれない。また、恋愛感情の昂《たか》ぶる日々には、胸を焦がされてやまないこともあるだろう。だが、八十五歳を超えてそのようなことを振り返り見るならば、答えは自ずから明らかなのである。

美食を楽しもうというのなら、若いうちに楽しめばよい。何も歳をとってからの楽しみに置いておくことはない。そもそも、ある程度の年齢になったら、さほどお腹も空かなくなるのだから。

あるいは恋愛に悶々《もんもん》とし、心悩める若き人も、やがてそのような胸の内なる火焔《かえん》が自然と鎮《しず》まる日が来たることを思えば、煩悶《はんもん》のいくばくかは軽くなるに違いない。場合によれば、いずれ炎がおさまるのなら、むしろ今の焦がれる思いが破れたとしてもいかほどのことがあろうかと考えて、かえって思い人に胸のうちを告げる勇気を得ることもあるかもしれない。

思えば、これが「年寄りの智恵」というものなのであろう。ここまで歳を重ねると、若き日の悩みの多くが、実に取るに足りぬものであることが見えてくるものである。その客観的なる目をもって、ときには若い人にアドバイスをすることも、確かに大切な役目の一つなのかもしれない。もっとも、いずれにせよ若者は懊悩《おうのう》するものなのだから、嫌がられるまでお節介を焼く必要はないのであろうが。

「ああ、漱石はまだ若かったんだなあ」

歳をとってからの感受性についても述べたい。

私は近年、夏目漱石の小説を楽しめなくなった。ここでいう「本を楽しむ」とは、子供のころ、〈私の場合でいえば〉三国志や少年講談を夢中になって時が経つのも忘れて読み耽《ふけ》ったようなおもしろさで読めるかどうか、興奮して身震いするほどに没入できるかどうかである。

そのような意味で私が漱石を本当におもしろく読めるようになったのは、大学三年生の夏、教育実習のために東京の神楽坂の近くの高校に通ってからのことであった。『知的生活の方法』に書いた、そのころのことを引用しよう。

〈当時はまだ吉田内閣のころであって、焼跡がまだいたるところに残っていた。そのころの東京は、高度成長後の新しい東京よりも、戦前の東京に本質的に似ていたのではなかったろうか。私は上京二年半にして、はじめて「東京」を感じた。それまでは何となく東京にいただけだったのに、「将来は東京に住みたい」という気が生じたのである。それ以来、私は漱石の小説がおもしろくなった。その年の夏休みには『三四郎』からはじまって、ほとんど全作品を読み上げたと記憶している。そして漱石の作品を初版本で集めはじめ、漱石がまだ生きていたころの雰囲気になるべく近づこうとしはじめた。漱石がわかったことは、私にとっては一つの開眼であった〉(『知的生活の方法』)

ここに書いたように、私にとって漱石体験は大きな意味を持つものであった。もちろん、漱石の『こころ』も読んで、深く心を打たれた。若い時分には、わからない部分も多かったから、「知識人の心の底を描いているのだろう」と思っていた。

大学卒業のころには、英文でも『こころ』を読んだ。近藤いね子さんが英訳したものであったが、実に素晴らしい作品だと思った。イギリス人学者に手を入れてもらっているらしく、英文としても非常にいい出来だった。英文を音読して、なんともいえない深い感動を覚えたことを、よく覚えている。

ところが、今の歳になってみると、『こころ』に書かれた内容はおかしいのではないかと思えてくる。

『こころ』の主人公の「先生」は、学生時代に親友の「K」を出し抜いて下宿のお嬢さんと結婚した。「K」はショックを受けて自殺をしてしまった。そのことがずっと心にわだかまっていて、「先生」は乃木希典《まれすけ》大将の殉死を一つの契機として、結婚から十年以上を経ていただろうにもかかわらず遺書を書いて自殺をする、という筋である。

しかし、本当にこれが感動できる話なのだろうか。「先生」は、学生時代に親友を裏切っ

り、子供をもうける幸せを奪われ、そして夫に自殺をされてしまったことになる。かつての下宿のお嬢さん）に子供も産ませなかった。奥さんはわけもわからず夫婦生活を送たと思い込んでいて、ずっと罪の意識を持ち続けている。それにこだわって奥さん（つまり、

確かにこの作品で漱石は、普通の人間がいざという間際に急に悪人に変わってしまいかねない心のひだを印象深く描いている。だが、「先生」の奥さんの気持ちはどうなのだろうか。「先生」の懊悩など結局は自分だけのことであって、奥さんのほうが、よほどかわいそうではないか。そう思うと、いっぺんに白けた気持ちが湧いてくる。

それをいってはおしまい、という声が上がるかもしれない。私自身も若い人たちに、このような一見ひねた読み方を奨めるものではない。だが世評をはばからず率直にいえば、今の私は、若い自分がなぜあれほど感動したのか、よくわからない。時を忘れて熱中するほどの思いで読むこともできない。若いころの私は奥が深いと思って読んでいたけれども、今ではそうとも思えない。読書人として自分が進化したのか、退化したのかはわからないが、感動するような大した話には思えないのである。

考えてみれば、漱石が『こころ』を書いたのは四十七歳ごろのことである。漱石よりも四十歳ほども年長となった私から見れば、「ああ、漱石はまだ若かったんだなあ」と感じられ

てしまうのも、やむをえないことであろう。

私小説的な読み物は年寄りには馬鹿馬鹿しい

森田草平をはじめとする漱石の弟子たちが「傑作だ」と激賞した『道草』も、今考えてみると、実に馬鹿馬鹿しい。話の筋は、大学教師が養父や義父から金を無心されて悩み抜くというものだ。

明治時代は今と違って、恩給や月給をもらう人が少なかった。だから、月給をもらっている人は借金の保証人を頼まれることがよくあった。大学の先生は給料をもらえるので信用がある。大学の先生の保証があれば金を貸してもらえた。

東大の哲学科を出て、一時期東大で教えていた三宅雪嶺《せつれい》も、兄の借金の保証をして取り立てにあっている。雪嶺の兄は、どちらかといえば経済的に締まらない人だったらしい。随分と借金を重ねていたために、雪嶺の月給日には、借金取りが押しかけてきた。結局、雪嶺は借金取りが煩《わずら》わしいので教員を辞めて、月給を取る職業には二度と就かないことを決めた。その後は就職をしなかったけれども、ものを書く力があったから彼は生計を立てていくことができた。

雪嶺以外にも、大学の先生の中には、借金取りから逃れるために大学を辞めた人がいる。退職後に職に就けずに、人生を棒に振った人が何人もいたと伝えられている。

そういう時代の話を漱石は書いたわけである。八十五を過ぎた人間にいわせれば、危ない借金や、その保証は断る以外に仕方がない。世の中には銀行というものがあり、筋の通った借金なら銀行が貸してくれる。それすら思いつかないで悩みに悩んだ話を一冊の本にするなど、馬鹿馬鹿しいことこのうえない。それに感心する弟子たちも、みなどうかしている。これが老人になってからの私の感想である。

気の利いたふうな若い人は、こんな漱石の読み方を聞くと、「歳をとると感受性がなくなるのですね」などと評するかもしれない。だが、そもそも漱石にかぎらず、私小説的な読み物は、人生経験の豊富な年寄りには楽しめないものかもしれないのである。先にも書いたように、歳を重ねると、若き日の悩みの多くが実に取るに足りぬものであることが、よくわかるようになるのであるから。

であるならば、これまで好きだった本がおもしろくなくなったからといって「感受性が落ちた」などと嘆く必要もない。馬鹿馬鹿しく思えてならぬものに拘泥《こうでい》することなく、別の楽しみを見つけ出していけばいい。

詩は何歳になっても感動できる

歳をとってから漱石の小説を楽しめなくなった私が、今なお漱石について感服するものがある。それは漱石の漢詩である。

漱石は子供のころから漢文がよくできた。子供のときにすでに、荻生《おぎゅう》徂徠《そらい》派の漢文と、そうでない人の漢文が匂いでわかるくらい優秀だった。彼は、自発的に漢詩をつくり続け、死ぬ直前までつくっていた。俳句は、正岡子規の勧めでつくっていたが、漢詩だけは自発的につくっていた。

漱石がなぜ小説を書くようになったかを振り返ってみると、彼が漢詩をやりたかった理由を想像できる。

漱石は英文学の先生として文部省から最初にイギリスに派遣された人だ。帰国後は英文学の総大将になる立場だった。東大ではラフカディオ・ハーンがイギリス文学を教えていたが、いずれその跡を継ぐべき人間として嘱望《しょくぼう》されたのである。

ところが、イギリスに留学してみると、漱石は自分の持っていた文学の概念とイギリスの文学の概念がまったく違っていたことに気がついた。

漱石が文学と思っていたのは左国史漢だ。左国史漢というのは、『春秋左氏伝』『国語』『史記』『漢書』のことで、すべてシナの歴史書である。歴史書が名文であったから、日本では「文学」として扱われていた。

イギリスに留学すると、漱石はジェーン・オースティンなどの小説を教えられた。西洋ではそれが「文学」であって、東洋の「文学」の概念とはまったく違うものであることを彼は知った。当時のオックスフォードでは、シェークスピアの講座もなかった。漱石は、名作といわれていたオースティンなどの小説を勉強したけれども、「西洋でこれを文学と呼ぶなら、こんなものに一生を捧げてはたまらない」と思ったようだ。

それでも、文部省から費用を出してもらって留学しているから、一応、英文学を学んで帰ってきた。日本に帰ってきて最初に、ジョージ・エリオットの『サイラス・マーナー』を旧制第一高等学校で教えた。

漱石にしてみれば、馬鹿馬鹿しくて仕方がなかった。彼は頭の鋭い人だから、小説を文学と呼ぶのならば、自分で書いたほうがいいと思ったのであろう。

書いてみたのが『我が輩は猫である』である。俳句雑誌『ホトトギス』に軽い気持ちで書いたものだ。おもしろい猫を通じて、猫から見た知識人の話を書いただけだが、大変な人気になってしまった。それで、しばらくのあいだは、引き続き軽い気持ちで『坊っちゃん』などの作品を書いていた。そのうちに「これなら行けるかもしれない」という気持ちになり、東大の先生を辞めて小説家になった。

漱石の時代の小説家といえば、「無頼の輩《やから》」である。漱石のようなエリートが作家になるのは、とてつもないことだった。日本で小説家の社会的ステータスを急騰させた人物を二人挙げるとすれば、漱石と森鷗外だろう。森鷗外も、東大医学部を卒業後にドイツに四年間留学し、陸軍の軍医として重きをなした人である。外国では知識の高い人が小説を書いていたが、日本ではそうではなかった。漱石、鷗外の登場で、知識の高いエリートが小説を書くことが日本人にもようやく知られるようになった。

しかし、漱石の小説は、傑作とはいわれているけれども、内容は重苦しいものが多い。私は映画化された『それから』を観たときに、あまりにも辛気《しんき》くさかったのですぐに観るのをやめてしまった。それに対して、漱石と同世代のE・M・フォースター原作の映画『眺めのいい部屋』を観たときには、おもしろく楽しめた。

私くらいの年齢になると、重たい心理をていねいに描いた小説は、だんだんおもしろみがなくなってくるようだ。

漱石は、最後に『明暗』という小説を書いている。非常に重苦しい小説だが、当時の新聞小説は無理にでも重苦しいものをつくろうとする傾向があったから、その要求に応えるということもあったのかもしれない。

漱石自身、そういう小説づくりに耐えきれなかったのではないだろうか。彼は晩年には、毎日のように七言律詩《しちごんりつし》をつくっていた。本当は、小説よりも律詩をやりたかったのではないかとさえ思えてくる。

吉川幸次郎先生は、「明治のころの漢詩を見ると、乃木希典大将と夏目漱石の詩は、当時の清国を含めても一流だろう」という趣旨のことを述べている。それほど漱石の律詩は素晴らしいものだった。私も、漱石の律詩は素晴らしいと思う。この歳になって読んでも感激するものばかりだ。

詩というのは、作者の人柄や私生活とは離れた、まったく別の世界の賜物《たまもの》ではないかと思う。

石川啄木の歌には誰もが感激する。「たはむれに　母を背負ひて　そのあまり　軽きに泣きて　三歩あゆまず」という歌は素晴らしい歌だ。ところが、啄木の伝記を読んでみると、彼は親孝行などせず、借金ばかりしている人間だったらしい。

それでも、彼が「東海の　小島の磯の　白砂に　われ泣きぬれて　蟹とたはむる」と詠《うた》うと、人の心は動かされる。啄木がどんな人であれ、「不来方《こずかた》の　お城の草に　寝ころびて　空に吸われし　十五の心」と詠われると、自分が少年だったころの思いが、時を経てなお胸にあふれてくる感じすらする。

歳をとると私小説はつまらなく思えてくるが、詩は何歳になっても感動できる。詩には、自らの内なる何ものかを呼び出してくれる力があるのであろう。

純粋なるエンターテインメントのおもしろみ

考えてみれば、歳をとっても楽しめる小説は、子供が読んでも楽しいと感じるような小説であるような気がする。

マーク・トウェインの『王子と乞食』は、歳をとってから読んでもおもしろかった。ヘンリー八世の王子エドワードと、極貧の子供トムが偶然に出会い、お互いの服を取り替えて生活するという話だ。貧民のトムは憧れていた王子様の生活をする。王子エドワードは堅苦しい宮廷生活を逃れて、城の外に出て自由な生活をする。

空想するだけでもおもしろい。宮廷の中では王子が突然、乞食みたいな発想をし始めて、周囲の人はビックリする。「王子様がおかしくなりました」という噂が立つ。一方のエドワードは、乞食になって周りの奴らから棒で襲われたりする。けれども悪い奴らは乞食になったエドワードに、みなやっつけられてしまう。王子としてヨーロッパで一流の剣術の師匠について修行をしていたので腕が立ち、悪い奴らをみんな叩きのめしてしまうのだ。

こういう話は、子供が読んでも楽しいだろうし、歳をとってから読んでも、やはりおもしろい。

必ずしも子供向けというわけではないが、私が子供のころから愛読していた捕物帳、とりわけ岡本綺堂《きどう》の『半七捕物帳』は、あいかわらず、何度読んでもおもしろい。「歳をとって頭が子供に返ったのかな」とも思うが、子供を喜ばせるようなストーリーは楽しく感じる。それはつまり、純粋なるエンターテインメントとして成立していることの裏返しなのであろう。

最近は読み返していないが、漱石の『坊っちゃん』を読み返すと、案外おもしろく感じるのかもしれない。

深刻ぶった私小説などよりも、子供にとってもおもしろい話のほうが、歳をとってからも楽しめる。それがこのごろの読書人としての私の率直な感想である。

何の役にも立たなくても知ること自体が楽しい

私の専門は、英文法史、イギリスの国学史である。まだ学生だったころには、イギリス、アメリカのような英語圏では、これといった英文法史の研究はなかったが、私が留学したドイツではその研究が始まっていた。

私は二十八歳のときに、英文法史を三百ページくらいの論文にまとめ、四十歳くらいのときに六百ページくらいの英語学史を書いた。イギリスの国学史はイギリス人でもあまり研究している人がいなかったが、それを調べるのが好きだった。

私の仕事は「調べもの」が多いから、わりと飽きが来ない仕事だ。それでも中には、飽きて来ているものもある。

私の場合、歳をとっても飽きが来ないで興味を持てる分野は「語源」と「制度」だ。

語源を調べるのは本当におもしろい。たとえば、「英語」のもとになっている「イングランド（england）」の語源をご存じだろうか。「イングランド」は、もともとは「anglaland」と書いていた。「angla」の語尾の「a」は、古英語で複数形属格を意味する。単数形の「anglo」はアングロ人のことを指す。「anglaland」は、「アングロ人たちのランド（土地）」

ということになる。これが縮まって「england」になった。

では、「anglo」とは何か。これは「鍵」のことである。アングロ人が五世紀ごろにイギリスの島に渡る前は、ユトランド半島に住んでいた。地図で見ると、ユトランド半島に「アンゲルン」という地名がある。そこは、湾が鍵型になっている。この地域の出身者がアングロ人である。

鍵のかたちをした釣り針は、英語では「angle」、釣り人という古い言葉は「angler」。「イングランド」と「釣り人」は語源が同じである。こういうことを調べるのは、とてもおもしろい。もちろん知ったからといって、どうということはないのではあるが、新しいことを一つ知るだけでも、けっこう楽しい。

制度的なものの背景も、調べると興味深い事実が次々に出てくる。十三〜十四世紀のイングランド王エドワード一世は、ユダヤ人を追放したことで有名だ。ではなぜ、ユダヤ人を追放したのか。

エドワード一世は、スコットランド、ウェールズを征伐して、事実上イギリスを統一した人物だ。十字軍を出したり、フランスとの戦争をしたりして、戦争が続いて国家の資金が底をついてしまった。税金を取りたいのだが、王の権限を制限するマグナ・カルタ（大憲章）

があるから王の自由にはならなかった。マグナ・カルタの中に、「王が子供を結婚させた場合は特別に金を出す」というものがあったため、彼は自分の娘を結婚させて貴族たちから金を集めた。それでも金は足りなかった。

やがて誰かが王に知恵をつけたのか、ユダヤ人を追放すればいいということになった。貴族たちはみなユダヤ商人に多額の借金があった。ユダヤ人を全員追放すれば、債権者がいなくなって債務もなくなる。

貴族たちは「債務がなくなるのなら、十五%の税金を払ってもいい」といい出した。エドワード一世はユダヤ人を追放することを決め、貴族たちに十五%の税金を納めさせて、財政的にも強い王になった。

エドワード一世の名誉のためにいうと、ユダヤ人を追放するときに、「追われたユダヤ人を襲ってはいけない」「ユダヤ人が持っている動産、宝石を奪ってはいけない」と命じ、それだけは厳格に守らせたという。

こういうことを知ることはとても楽しい。何の役にも立たなくても知ること自体がとても楽しい。若いときも楽しかったけれども、歳をとった今も楽しい。

理屈や体系から離れてみよう

私がこれまでに五百二十回以上にわたり連載を続けている専門雑誌がある。私の知るかぎり、現在、大学の英語の研究室や高校の英語教員室にずっと入っている月刊雑誌は、一つしかない。大修館書店発行の『英語教育』という月刊誌である。この雑誌に四十年以上書かせてもらっている。

八十五歳も超えたのだから、少しくらい自慢させてもらっても許してもらえると思うが、専門誌に連載を続けてきたことは私の大いなる誇りだ。それでも、最近の私の興味はだんだん変わってきている。専門的なことから、それ以外のことに移っている気がする。

私の鶴岡の中学の先輩に、伊藤吉之助先生がいる。長いあいだ東大哲学科の科長を務めておられた先生だ。ものすごく厳しい先生で、授業では学生たちが音を上げていたと聞く。

伊藤吉之助先生は、哲学の大家で徹底的にロジカルな方だった。『岩波哲学小事典』(岩波書店)を、一人で編纂《へんさん》されている。伊藤先生の編纂の下に日本人の哲学者が書いたから、抜群に素晴らしい事典になっている。

最近、伊藤吉之助先生の伝記を読んだ。先生が高齢になってから惹《ひ》かれたのは、カントでもヘーゲルでもなく、子供のころから詠んでいた漢詩だったという。晩年はずっと漢詩を読んでいたようだ。

考えてみると、私も知らず知らずのうちに伊藤吉之助先生と似たようなことをしている。今は、専門分野よりも漢詩や英詩のほうに興味がある。歳をとってきたら、漢詩や英詩を読むのがとても楽しくなった。

理屈で考える分野は、若いときのほうが研究が進む。たとえば、数学の高度な研究などは、若い時分にやったほうがいい成果が出るだろう。歳をとると、若いときのような成果は出にくくなるようだ。言語の分野では、論理言語学を専門としている人は、歳をとってくると研究が進まなくなる。理屈で考えるものや、体系的に考える必要があるものは、若いうちに研究をしたほうがいい。

だが、語源や制度の研究のようなものは、体系的にやる必要がない。興味が湧いたところを調べるやり方でいいから、歳をとってからでも、けっこうおもしろい。それよりも、さらにおもしろいのが、理屈を離れて味わえる漢詩や英詩や俳句や和歌である。

歳をとっても記憶力は衰えない

もう一つ、世の中の常識とは大いに異なる実感がある。それは、歳をとっても記憶力は衰えないということである。それどころか、鍛えることができるのだ。

今、私は英詩のいくつかを、すべて諳《そら》んじることができる。最近も、若い人たちの前でエドガー・アラン・ポーの「アナベル・リー（Annabel Lee）」の全文をすべて暗誦《あんしょう》して、大いに驚かれた。これは六つのスタンザ（連）からなる珠玉の叙情詩である。

だが、その驚きももっともである。私も三十代、四十代、五十代のころには、英詩全文の暗誦など自分には不可能なことだと思っていた。それができるようになったのは、おそらく、五十代の半ばからラテン語を覚えることに取り組んだことが、記憶力を鍛えることにつながったからではないかと思う。その経緯はこうだ。

私が四十代後半のころ、上智大学はサバティカルの休暇制度を取り入れた。六年間勤務すると一年間の長期有給休暇をもらえる制度である。週七日に一回の休息日を「サバス」というが、そこから「サバティカル」という言葉は来ている。上智大学では七年間ごとに一年間の休暇をもらえることになった。

その休暇を使って何をやろうか考えた。ラテン語を勉強したかったので、スペインに行って朝から晩までラテン語をやろうと計画を立てた。

計画を実行に移そうとしていたら、たまたま「お金を出すからエディンバラに行ってくれないか」というスポンサーが現われた。そのころちょうど英語学史を書いており、エディンバラの文献がなかったから、文献を探すためにスポンサーの申し出を受けることにした。その年は、エディンバラに行って、それなりの収穫があった。

それから七年ほど経って五十代半ばになったときに、二回目のサバティカルをもらった。今度は、サバティカルを利用して中学以来の友人と家族で田舎回りをした。私の郷里の鶴岡のあたりは、おいしいものがたくさんある。五、六月ごろには、コダイ、コガレイなど海の幸がたくさんとれるし、山菜も出始める。秋になるとまた海の幸、山の幸が出てくる。

そんな郷里の美味を満喫したサバティカルは、とても楽しいものだった。しかし、そうこうしているうちに、ふと気づいた。七年前には「ラテン語をやろう」と思っていたのに、自分がこれまで何もしていなかったことに。

「なんたる堕落であろう。これが老化というものか」。私はそう思って、決意を新たにし、ラテン語の暗記を徹底的にやることを決めた。

大学までは電車で通っていたが、それからはタクシーで通うことにした。自宅から大学まで、タクシー料金は六千円ほどであった。六千円は高いが、その時間をラテン語の暗記に充《あ》てれば高いとはいえなくなる。

教え子たちは、英語を教えるときに家庭教師として一時間一万円ぐらいは貰《もら》っていた。私は、ラテン語を習うつもりで運転手に給料を払うことにした。六千円で済めば安いものだ。往復一万二千円は払えないので、行きだけタクシーに乗ってラテン語を暗記することにした。十分あたり千円だから、十分間ボケッとしていたら千円が無駄になる。そう思って、必死になって暗記した。

暗記するといっても、難しいやり方はしていない。覚えるべき部分をコピーして、その紙片を持ってタクシーに乗る。それを読みながら幾度か口の中で唱え、次に紙を見ないで口でいってみて、いえればいい、というくらいの軽いものである。

はじめはフランシス・ベーコンに出てくるラテン語の引用を暗記した。これはすぐに終わった。それからアングロサクソン法律に出てくるラテン語を覚えた。三百ページくらいの本だが、ラテン語、英語、日本語で書かれているから、ラテン語の部分だけだと百ページくらいである。これも全部暗記した。

意外に早く暗記できて、暗記がだんだん速くなっていった。

物忘れなど憂うなかれ

次は、岩波書店の『ギリシア・ラテン引用語辞典』という、名文句だけが出ている辞典を暗記することにした。八百五十ページもあるので、「終わるまで生きておられるかな」という感じであった。

しかしそのうちに、暗記力が高まってきたのを実感する出来事が起きるようになった。ある日、書庫を整理していたときに、菅原道真の『秋思詩』を見つけた。「そういえば、昔こういうものもやったな」と思い出した。三十代のころに和歌と漢詩の朗詠をしていたことがある。八行律詩を朗詠していたが、そのころ八行を暗記するのはかなり難しかった。一緒にやっていた人でも暗記している人はいなかった。

書庫で少し読んだら、何となく覚えてしまったような気がしたので、別の部屋に行って紙に書いてみた。すると、少し意味の違う漢字はあったけれども、だいたい書くことができた。ラテン語の暗記を続けているうちに、暗記力そのものが高まっていたのである。

私はすっかり嬉しくなり、それからのラテン語修行にも弾みがついた。結局、五十代半ばから始めて、『ギリシア・ラテン引用語辞典』は二回やることができた。今はときどきタクシーに乗るくらいなので昔ほどのペースではないが、三回目に入っている。

覚えるのは速くなったけれども、ラテン語の実力は少し高まったかどうかという程度である。だが、ラテン語の暗記修行の最大の収穫は、この歳になって記憶力自体が強くなったと思えることであった。

もっとも、暗記が得意になったとはいえ、物忘れがなくなったわけではない。人の名前などを思い出そうとして、「えーと、ほら、あの……」と出てこないことはよくある。

しかし考えてみれば、若いころでも、物忘れをすることはしょっちゅうだった。人の名前や本の名前を忘れてしまって、なかなか出てこないのは、何も今に始まったことではない。そう考えると、物忘れにまつわる記憶力というのは、歳をとってからもあまり変わっていないのかもしれない。

別の言い方をすれば、中身のあるものや、意味の通るものは、歳をとるほど暗記できるようになるのかもしれない。少なくとも、歳をとったからといって、ものを覚えられなくなると決めつけないほうがいいということは、身をもってよくわかった。

英詩の全文もどんどん暗記する

私は六十五歳で定年退職した。ちょうどその年に、サザビーズのオークションに、私がどうしても欲しかったジェフリー・チョーサーの『カンタベリー物語』（キャクストンの絵入り初版本、一四八三年刊）が出品され、それが退職金とほぼ同じ金額だったことが背中を押したのである。だが、その後も、特任教授として七十歳まで、週一回だけ大学院で教える機会に恵まれた。入学試験や雑務などはなくなったため、とても気楽だった。

そのころに、やりたくなったのが英詩だった。私の専門は英語学だから、英文学をゆっくり読む時間はあまりなかった。退職後は、お気に入りの喫茶店で本を読むときに英詩の本を持っていって、読んでいなかった名作を読んだ。

八十歳を超えて、今度は英詩の暗記をしたくなってきて、暗記を始めた。やり出すと暗記するスピードがどんどん速くなって簡単に覚えることができる。若いころはできなかった暗記が、なぜかできる。

先ほどご紹介したエドガー・アラン・ポーの「アナベル・リー」もその一つである。

ポーは天才だった。飲んだくれの天才だけれども、ケルト的な空想性と数学的な厳密性を兼ね備えた詩を生み出し、フランス象徴派のさきがけのような存在となった。

「アナベル・リー」は、ポーが四十歳で亡くなった年（一八四九年）に書かれたとされる詩であり、彼の最愛の妻ヴィクトリアへの思いを託したものだといわれる。ヴィクトリアはポーの従妹であった。二人が最初に出会ったのは、ポーが二十歳、ヴィクトリアが六歳のとき。そして、それから七年後、ポーが二十七歳、ヴィクトリアが十三歳のときに結婚している。当時でも十三歳は結婚できる年齢ではないが、歳を偽ってまで婚姻の誓いを立てたのであった。しかし、結婚してから十余年の後、ヴィクトリアは肺結核でこの世を去ってしまう。享年二十四であった。

そんな経緯を踏まえて、この「アナベル・リー」を読むと、とても胸を打たれる。試みに、二つ目と四つ目のスタンザだけを引用してみよう。

She was a child and I was a child,
　In this kingdom by the sea,
But we loved with a love that was more than love ——
　I and my Annabel Lee ——

With a love that the wingéd seraphs of Heaven
　Coveted her and me.

この海辺の王国で、ぼくと彼女は
　子供のように、子供のままに生きていた
愛することも、ただの愛ではなかった――
　愛を超えて愛しあった――ぼくとアナベル・リーの
その愛は、しまいに天国にいる天使たちに
　羨《うらや》まれ、憎まれてしまったのだった。

The angels, not half so happy in Heaven,
　Went envying her and me : ――
Yes! that was the reason (as all men know,
　In this kingdom by the sea)

That the wind came out of the cloud, chilling
And killing my Annabel Lee.

天使たちは天国にいてさえぼくたちの半分も幸せでなかったから
彼女とぼくとを羨んだのだ――
そうだとも！　それこそが理由だ
それはこの海辺の国の人みんなの知ること
あの雲からあの風が吹きおりて
凍えさせ、殺してしまった、ぼくのアナベル・リーを。
（『対訳　ポー詩集』加島祥造編、岩波文庫。訳は少し変えています）

私には、若いころに猛烈な恋愛をして、そしてその恋人を若くして失うような経験はない。にもかかわらず、頭の中でよみがえる。不思議なものである。自分の経験であるかのようによみがえるから、暗記できる。

難しいことは何も書かれていない詩だから、タクシーの中で何度も思い返していると、いつのまにか覚えてしまっている。

英文科の学生に「暗記しなさい」といっても、おそらく、ほとんどの人が覚えるのに苦労するのではなかろうか。私も若いころには、そうだった。だが、人生経験を積んだ八十六歳の今は、スッと暗記できてしまう。

「歌詞」を覚えることの効用

英詩にかぎらず、幅広くいろいろなものを暗記するようにしている。

昔の軍歌には長い歌があるが、それらも覚えてしまった。「天に代わりて不義を討つ」という歌詞で始まる軍歌「日本陸軍」(大和田建樹作詞・深沢登代吉作曲、明治三十七年〈一九〇四〉発表)は、十番まである歌だが、今では最後まで全部を歌える。また、「ここはお国を何百里」で始まる「戦友」(真下飛泉作詞・三善和気作曲、明治三十八年〈一九〇五〉発表)という歌は十四番まであって、最初から最後まで歌える人はほとんどいないと思うし、私も昔は覚えていなかったが、今ではこれも最後まで行ける。

軍歌を覚えたことに、別に深い意味はない。単純に私が子供のころに愛唱していた歌だからである。たとえば、ザ・ビートルズが好きだった人なら、お気に入りのアルバムの全曲を空で歌えるようにしてもいいだろう。

若いころであっても、このように暗記して見事に披露することができたら、きっと周りのみなが驚嘆したに違いない。そういう類《たぐ》いのことを、八十五歳を過ぎて苦もなくできるのは、まことに心嬉しいことである。

歌を思い出し、あらためて覚えて、声を出して歌うことは、大きな効用をもたらすようである。健康にもいいし、脳を鍛えるという意味でも、情緒の面でも、とても効果がある。

子供のころに覚えた小学校唱歌を、あらためて暗唱するのもいい。私の家内の母親は晩年、声がほとんど出なくなり、寝たきりになってしまったが、私が枕元で唱歌を歌うと、かすかな声で一緒に歌ってくれた。歌った晩は非常に体の調子がよかったそうである。

いちばん受けがよかったのは、「仰げば尊し」だった。昔の先生たちは「仰げば尊し」と思われるような先生になろうとした。子供にとっても、先生が尊敬できるのは幸せなことだったし、そういう先生がいたから、学校は尊かった。義母も「仰げば尊し」を歌うことで、そんな学校のころの思い出に浸っていたのかもしれない。

「一の谷の　軍《いくさ》破れ　討たれし平家の　公達《きんだち》あわれ」という「青葉の笛」（大和田建樹作詞・田村虎蔵作曲）を歌ったときも、義母はすごく喜んでくれた。女学生のときに歌っていたのを思い出してくれたのではないかと思う。

現代の老年の人々なら、明治から昭和にかけての流行歌の名曲もいい。昔の名曲は覚えるに値する歌詞になっている。いわば現代版の『万葉集』のようなものだ。

たとえば「君恋し」(時雨音羽作詞・佐々紅華作曲)の「宵闇せまれば　悩みは涯《はて》なし　みだるる心に　うつるは誰が影」という詞はとてもいい。流行歌というのは、流行しただけあって人の情緒に訴えるところがあるし、覚える価値がある。

継続さえすれば語学の力だって伸びる

毎日、繰り返すことで伸びるのは暗記力だけではない。語学の実力も、着実に増していく。

私は英文科の教師だから、毎日少しずつでも英語を音読するようにしてきた。たまに欠ける日があるけれども、ほぼ毎日読んでいる。そうすると、年々実力が伸びていることを実感できる。

たとえば、抜山蓋世《ばつざんがいせい》の歴史家マコーレーが著わした『英国史』という有名な歴史書がある。学生が読むと、辞書を引き引き読んでも、かなり難しいと思う。しかし、毎日少しずつ読み続けて、一年経ち、五年経ち、十年経つと、音読しただけでわかるようになる。

ところが、十年以上読んでいるのに、ひっかかるところが出てくる。「あれっ、わからないぞ」というところが出てきたら、辞書を引いてみる。辞書には「古」という文字が書いてあり、昔の意味も載っている。今の言葉として訳すと文脈が通じないが、古い意味を当てはめると文が通り、「ああ、よかった」という気持ちになる。毎日読んでいると、そういう楽しみも出てくる。

英語を読む速さも、昔とはかなり違う。学生のころの何倍ものスピードになっている。私は学生時代には文法病に罹《かか》っていて、文法が全部わからないと読んだ気がしなかった。中身はどこかに飛んでしまっていた。

今では音読する癖がついて、音とともに読んでいるから、中身だけを楽しむことができる。かなり難しいものでも音読できるようになった。

ある日、十八世紀に活躍したイギリス語学者の本の新版が出たので、早速求めて読んでみたところ、ある箇所になったら、まるで意味が頭に入ってこなくなった。何度読み返してもダメなのである。以前、初版で読んだときはスッと意味が通じたはずなのに、今回は意味が通じない。頭が悪くなってしまったのかと思い、念のために昔読んだ初版を引っ張り出してきて比べてみた。すると、なんと新版には誤植があって、「as」という余計な単語が一つ加わっていたのである。そういう発見をすると、読《よ》めなかったことがむしろ非常に嬉しくなる。これなども、英語を毎日読んできたことの功徳《くどく》であり、近年の痛快事の一つであった。

歳をとっても、継続さえすれば語学の力は衰えない。むしろ若いころよりも今のほうがかなり伸びている。

脳力は鍛えられると教えてくれた幸田露伴

私が、暗記力や脳力を鍛えることができることを知ったのは、学生のころに幸田露伴の『努力論』を読んだことがきっかけである。

幸田露伴はこの書の中で、「心は気を率い、気は血を率い、血は身を率いるものである」と述べる。

露伴によれば、足を強くしようとする人は、ただ、ぶらぶらと歩くのではなくて、一歩一歩に心を入れればよい。すると心に従って気が脚部に注ぎ入り、さらに気に伴なって血が脚部の筋肉に充《み》ちるようになる。心を入れて歩めば脚の各所が痛むようにもなるが、それに辟易《へきえき》せずに毎日、心をもって気を率い、気をもって血を率いることを繰り返すと、徐々に痛みが減ってくる。そして、ついにまったく痛みを覚えなくなったときには、血がすでに身を率いており、常人に卓絶した強い脚になっているというのである。

さらに露伴は、これは脳にも適用できるともいう。健脚法を学ぶ者が健脚になるのも、勉学する者が透明敏慧《びんけい》な頭脳になるのも、少しも疑うべきところはない。「心は気を率い、気は血を率い、血は身を率いる」のであるから、脳も脚も、同じく変化しうるのだというのである。

そして露伴は、幼時には書を幾度読んでも意が通じなかったような生来愚鈍な者でも、なお努力を重ねれば、ある日、忽然《こつぜん》として心がにわかに開け、朗《ほが》らかになって、障壁がすべて取り払われたごとくに能力を開花させることができるのだと説く。そのような例として挙げられるのは、清初期の考証学者で『尚書古文疏証《しょうしょこぶんそしょう》』などの業績を残した閻《えん》百詩（閻若璩《じゃくきょ》）や、徳川五代将軍綱吉の時代の僧侶で「生き仏」といわれるほどの霊的な力を持っていたといわれる祐天上人の例である。

その露伴の言葉を、私は信じた。子供のときに遅進児《ちしんじ》だと思われ、自分自身もそうだと思っていた私にとっては、それは大きな慰めだったのである。私が若いころの脳科学では「脳細胞は一日十万個ずつ減っていく」などという説も唱えられていた。しかし私は、露伴のいうとおり脳も鍛えれば伸びるかもしれない、と考えることにしたのであった。

ようやく最近になって、記憶を司《つかさど》る海馬の脳細胞は使えば使うほど増えるといわれるようになってきた。何でも、道のルート選択などで高度な能力を要求されるロンドンのタクシー運転手の脳を実際にＭＲＩで計測した結果、経験を積んだ運転手ほど一般人と比べて海馬が発達していることがわかったのだという。

こういう話を聞くと、若いころに脳科学者のいうことを真に受けず、幸田露伴のいうことを信じて、つくづくよかったと思う。

時代が変わっても進化しない本物を学ぼう

自然科学は日進月歩である。逆にいうならば、それだけ未知の領域が多く、不完全な学問であるということを意味する。

それと比べた場合、たとえば詩歌などは、時代が進んで進化するというものではない。山上憶良と、万葉風の詩を讃えた斎藤茂吉を比べたときに、斎藤茂吉のほうが進化していると簡単にいえるものではない。あるいは、松尾芭蕉とその後の俳人とを比べてみて、芭蕉後の俳人のほうが芭蕉より進化したともいえない。西洋哲学の分野でも、ソクラテスやアリストテレスと比べて、サルトルやハイデッガーがどれほど進歩しているといえるだろうか。

時代が変わっても進化しないものこそ、本物であろう。自然科学は尊ぶべきものではあるが、進化する余地があるのだから、まだまだ本物とはいえない。ある学説を一心に学び、一生涯かけて取り組んでいたところ、ある日、天才がまったく違う学説を提示して、一夜にして常識が変わってしまうことも起こりうる。

科学の世界では、ニュートン以降はニュートン物理学ですべて説明できると考えられていた。ところが、アインシュタインが登場して考え方が大きく変わった。アインシュタインもいずれは否定されるかもしれない。今は、宇宙はビッグバンでできたと考えられているが、本当は違うかもしれない。

若いうちの切磋琢磨《せっさたくま》はともかく、歳をとってから自らの所見をすべて全否定されるのは、そうとう応えるに違いない。であれば、進化する余地があるものに寄りかかっているよりも、進化しない本物に寄りかかっているほうが、気持ちが落ち着くことは間違いない。

まだ進歩の余地のある世界に身を置くならば、その時代の考え方に全身全霊を傾けすぎないほうがいい。「変わる可能性がある」という考えを少し残しておいて、変わらない本物にたえず心を向けておくべきだろう。

変わらないものを知るには、古典を学ぶことである。読み継がれてきて、今も残っている古典には、昔から変わらないものが書かれている。ある程度の歳になったら、詩歌や人間論など不変の「本物」を学んだほうがいいというのは、そういうことからもいえると思う。

歳をとってくると、そういった古典のほうが読んでいておもしろくなる。また、年の功で古典を深く理解できるようになる。

老人の話が役に立つ理由

歳をとると、肉体的条件は人によってかなりの違いが出てくるものである。身体はあまり衰えないで脳が衰えていく人もいる。逆に、身体は随分衰えてきたけれども、脳はしっかりしている人もいる。身体も脳も両方衰えないのが、いちばんいいのだろうが、歳をとって両方とも衰えないというのは、なかなか難しいことであろう。

その意味からも、もちろん私の経験は、けっして普遍的なものとはいえない。しかし、これまで書いてきたことが——つまり、散歩ができなくなったことも、若いころは楽しく読めた小説がおもしろくなくなったことも、暗記力や語学力が増強されたことも——すべて私自身が実際に経験したことであることは、確かな事実である。

冒頭でも記したが、そういうことを知ることは、まだ八十六歳にならない人には、なにがしかの功徳になる部分もあるだろうと思う。

少なくとも、私にとっての記憶力や語学力のように、歳を重ねても伸びる可能性がある能力があることを知ることは、多くの人にとっての励みになるであろう。

そして、私が歩けなくなったことだって、ある人にとっては福音ではなかろうか。若いころから散歩という習慣を持たずに、老境に至って歩けなくなる人がいるとすれば、「ああ、こんなことなら若いころからもっと歩いていればよかった」と悔恨の念に駆られてしまうかもしれないからである。あとの健康の章でも言及するが、あれこれと憂い悔やみ、わが身を呪《のろ》うことほど、自分自身の身体を苛《さいな》むものはない。けっしてそんな悔恨に溺れてはいけない。その意味で、散歩を日課としていた者でさえ歩けなくなると知れば、「若いころからもっと歩いていれば」という後悔は随分軽減されるかもしれない。

また、歳をとってから読書がおもしろくなくなった場合、もっぱら特定のジャンルの本ばかりを読んできた人であれば、自分の感受性が衰えたのだと思って落ち込んでしまう可能性もある。しかし先に、私にとっての私小説と詩の違いについて言及したように、それは「衰え」の問題ではなく、別の理由である可能性があるのである。

たまたま私がそのようなことに思い当たったのは、若いころから「興奮して身震いするほどに没入できるかどうか」という基準で、いわば知的オルガスムスを求めるかのように様々な書を乱読してきたからであろう。自分がおもしろいかどうかを一つの絶対的基準として読書を愛好してきた者の率直な感想には、ある程度の説得力があるのではないか。

私は、もし誰かから、「もう一度、若くなりたいですか」と聞かれることがあったら、「若くなりたくはありません」と答えたい。

自分の一生を振り返ると、日本に生まれたことから始まり、いろいろな偶然の重なりで、きわめて幸運な男であった。私はもう、この人生で十分に結構である。そして、そう思えることは、とても幸せなことだと思う。

なぜ、そのように思えるのか。どうすれば、そういう人生を歩めるのか。私が歳を重ねる中で考えてきたそのヒントを、これから書いていきたい。

第二章

凡人にとって本当の幸福は「家族」である

長姉が教えてくれた人生のいちばんの幸福

人生のいちばんの幸福とは何か。

この歳になってそのことについて考えるとき、真っ先に脳裏に浮かぶのは私の長姉が遺した言葉である。

私には姉が二人いた。上の姉は、運動も得意、勉強も得意な、非常に優秀な子供だった。書道もうまく、たしか庄内地方で金賞などももらっていたように思う。彼女には好きな人がいたのだが、その人は戦争で亡くなってしまった。その後、短期間は結婚したものの、相性が合わずに離婚し、それからずっと独り身だった。父が東京へ出てきて以後も姉はずっと鶴岡の旧宅に住まい、一時は、部屋を貸すような仕事もやっていた。

その姉が晩年を迎えたころ、私は姉に「人生でいちばん幸せだったのは何か」と聞いたことがある。答えは意外なものであった。

弟である私が子供連れで帰省してきたときに、その私の子供たちを連れて海で遊んだり、ちょっとしたお菓子を買ってあげたり、子供たちから「おばさま」などと呼ばれるのが、いちばん嬉しかった——長姉はそういったのである。

確かに私は夏休みにはほぼ毎年、鶴岡に帰省して、長姉が住んでいる実家に泊まったり、海岸の家を借りて子供たちと海に行ったりしていた。子供たちも大いに喜んでいたし、姉もよく一緒に遊んでくれていた。そのことが姉には、人生のいちばんの幸せだったのだ。

最近、社会でキャリアを積んだ女性たちの幾人かが、『おひとりさまの老後』とか『家族という病』などというタイトルの本を書いている。だが、そういう本を読んでみると、どうも「さびしいけれど、我慢しましょう」という声が聞こえてくるような気がしてくる。

私の長姉は、そのような本を書いた女性たちと比べれば、仕事において高い業績を残したとはいえないし、社会的地位において偉くもなんともなかった。だが、その姉が語った「いちばんの幸せ」には、人生の真実が込められているように思う。

姉は本当に私の子供たちと会えることが楽しかったし、毎年、心からそれを楽しみにしていたのだ。彼女自身の子供だったら、もっと嬉しかったかもしれない。けれども、傍目《はため》にはさびしい人生を送ったように見えるであろう姉は、私の子供に会えたことが「いちばんの幸せ」だったと、しみじみ述懐したのである。

そのことを思い出すと、私は胸の奥が熱くなる。

私の長姉と私とは十歳ほど離れていたので、私が小さかったころには、随分とかわいがってもらった。私が小学校で作文が上手だと褒《ほ》められたことを知って、漢文の入門書である塚本哲三『基本漢文解釈法』（有朋堂）を買ってくれたのも長姉だった。そういう弟の子供だったから、余計にかわいかったということもあったろう。

だがそれ以上に、市井《しせい》に生きる普通の人間にとっての幸せというものは、畢竟そのような親しい家族、親族、そして子供や孫などとのふれあいにあるということなのではなかろうか。本当に偉い人がどうなのかは知らないが、この歳になってみると、凡人の生き方の真実というものは、そこにあるように思えてならなくなった。

凡人にとって家族生活の幸せこそが、即、人生の幸せなのである。私は、人生における腹の底からの幸せ感は、子供を持ち、孫を持つようになって初めて体験することができた。しかも、若いときから幸福ではあったけれども、ジジババになってからの幸福感は、まことに格別なものである。

パスカルは、人間は天使であると同時に動物だといっている。ならば、動物的な幸福の最たるものは、子供を持ったり、孫を持ったりすることであろう。あらゆる生物の営《いとな》みを見てもわかるとおり、それこそが生を享《う》けたものとしての天与の使命でもあるのだから。

家庭を持たずにキャリアで成功した人は、天使の部分だけを重んじて、動物の部分を軽視する傾向がある。しかし天使の側面は、人間にとっての半分でしかない。動物としての幸福感を持ててこそ、人間は全体として本当に幸せになれる。

そのことがしみじみとわかるのは、歳を重ねてからである。現在の私は、偉い方々から、高名な美食の店での会食に誘っていただく機会もある。だが、そのようなことと比べものにならないほどに楽しく、大きな幸福感を覚えるのは、自分たちの子供の家族に誘われて、孫たちとも一緒に近所のファミリーレストランなどに行くことである。それが、この歳まで生きてきた私の、まごうことなき魂の実感なのである。

結婚生活は「障害」か「大正解」か

私も若いころには、仕事における業績と、家族との関係をどう考えるべきかについて迷う部分もあった。学者の場合は、結婚せずに勉強して立派な業績を残した人がたくさんいる。それどころか、知的生活には結婚生活は最も障害となるという見方も根強くある。カントの独身は有名だが、デカルトも、パスカルも、ニュートンも、スピノザも、ショーペンハウエルも、みな独身だった。

それゆえ私も『知的生活の方法』に次のような言葉を書いたのだった。

〈知的生活に最も障害になるのは、重病を除けば、家族と親族の問題である。その他のことなら、近代生活においては、自分の好きなように遮断できる。しかし親、女房、子供、兄弟姉妹のからんだ問題からは、逃げようがない。この関係がこんがらがってくると、普通の神経の持ち主では知的生活を不可能にされてしまう〉

〈まことに前途有望な学徒であった人が、結婚したとたんに、いっこう冴えなくなったということはよく見聞きするところであるが、なぜそういうふうになるかについて、まことにわかりやすい例をあげてみよう。これは私が当人から直接聞いたことのある話である。某氏が言うには、「私の家内は、私が一万円本を買えば、自分もそれと同じ金額の洋服を買うというのです」ということなのだ。これで前途有望氏は、いっぺんでつぶされてしまう〉（以上、『知的生活の方法』）

ただし、私にとって幸いだったのは、高校時代に恩師である佐藤順太先生の英語の授業で、オリバー・ゴールドスミスの小説『ウェイクフィールドの牧師』を学んだことであった。その書き出しはこうだ。

「結婚して大勢の子供を育てている真面目なもののほうが、結婚もしないで人口問題を語っているものよりもずっと世の中の役に立っているというのが、私の持論だった」

この文章を読解しながら佐藤順太先生は、社会に対して偉そうなことをいう人間よりも、きちんと結婚をして家庭をつくり何人もの子供を育て上げる人間のほうが、よほど社会に貢献しているのだと教えて下さった。そのことは、ずっと私の脳裏にあった。

『知的生活の方法』に次のように書いたのも、その教えがあったからに他ならない。

〈現代の社会において、自由なる知的生活を送るということは至難のわざである。その理想を追求すれば家庭を破壊したり、忌《いま》わしい性的傾向におもむいたりすることになる。われわれは、まあまあ幸福な家庭生活と、まあまあ満足のゆく知的生活の両立を求めるのが無難であろう〉（『知的生活の方法』）

今にして思えば、家庭と知的生活の両立という考え方は「無難」どころか「大正解」であったようだ。もし、独身でいたらどうだっただろうかと考えると、ぞっとするほどである。

少なくとも、現在の私は、幸せな家庭生活を築き、子供や孫に恵まれたことを至福に思っている。佐藤順太先生の教えは、まことにありがたいものであった。

業績と家庭とは何ら矛盾しない

佐藤順太先生から『ウェイクフィールドの牧師』を教わってから、自らの仕事において何らかの使命を果たす道の他に、家庭を築き子供を育て上げる道も、頭のどこかで明確に意識していた。天才的な業績を残した学者たちが独身かどうかという下世話なる興味を抱くようになったのも、そのせいであろう。

先に挙げたように、知の巨人たちの中に独身者は多い。けれども、そのような興味を持って様々な例を見ていくと、業績と家庭とは、何ら相矛盾するものではないこともわかってきた。否、仕事と家庭を両立させた天才のほうが、人生については遥《はる》かに幸福であったように思える。

たとえば、江戸時代の漢学者でいえば、伊藤仁斎と荻生徂徠の二人である。

伊藤仁斎は寛永四年（一六二七）に生まれ、宝永二年（一七〇五）に没。荻生徂徠は寛文六年（一六六六）に生まれ、享保十三年（一七二八）に没している。二人とも甲乙つけがたい傑出した大学者だが、学問的に後輩の徂徠は、仁斎を大いに批判したものであった。

ただし、この二人には大いなる違いがある。仁斎は五人の男子に恵まれていずれも優れた学者となったが、徂徠の子供の話は聞いたことがない、ということである。

仁斎が結婚をしたのは四十歳を過ぎてからといわれるが、一男二女をもうけた。五十歳を過ぎて妻が亡くなってしまうが、その後再婚し、それからさらに四男一女をもうけている。仁斎は肥後細川家から千石の禄をもって招聘《しょうへい》されたが母の看病ということで固辞して、私塾・古義堂で膨大な塾生を教えた。

長男の伊藤東涯《とうがい》は父親の古義堂の二代目となって父の学問をさらに発展させ、自身も『古学指要』『弁疑録』『制度通』などの著作を残した。次男の梅宇《ばいう》は徳山藩や福山藩に仕え、三男の介亭《かいてい》は高槻藩に、四男の竹里《ちくり》は久留米藩に、五男の蘭嵎《らんぐう》は紀州藩に仕えている。もちろん父の盛名が後押ししたこともあろうが、しかし、それぞれが立派な著作を残しているのだから、実力も十分だった。

五男の蘭嵎には、こんな逸話もある。初めて紀州侯の前で講義することになったとき、蘭嵎は本を広げたままいっこうに口を開かない。紀州侯の家老が「どうしたのか」と尋ねると、「殿様はまだ座布団を敷いていらっしゃる。これでは聖人の書物を講義するわけにはまいりません」といい、紀州侯が座布団を取り去ると、満座の者を感服させる明快な講義をしたというのである。学識ばかりでなく人格も高潔であったことが知れる。父親、そして長男が私塾を継ぎ、次男以降が請われて各藩に仕官しているのも、権威などよりも学問を重んじる伊藤家の気風を示していて小気味よいではないか。
なぜ、このような気概ある子供たちが育ったか。若干話が逸れるが、それについてヒントになる伊藤仁斎の漢詩がある。

神皇正統億万歳
一姓相伝日月光
市井小臣嘗竊祝
願教文教勝虞唐

〈日本の天皇は万世一系で永遠に続いている。一つの王朝〈姓〉が相伝するのは太陽や月の光が変わらないものであるがごとくだ。市井の小身である自分はかつてひそかに祈った。願わくは学問をして虞唐《ぐとう》〈孔子が理想とした伝説の聖天子である尭《ぎょう》と舜《しゅん》〉より勝《まさ》らせようと〉

自国への誇りと、理想の君子とされる尭舜にも負けぬようにしたいという気概があふれる七言絶句である。このような思いで日々精進する父仁斎の姿を見ていればこそ、自ずと子供たちも誇りと自信を持って学問に取り組んだのであろう。

一方の徂徠も大変な学問的業績を残し、優秀な弟子を育ててはいる。しかし、自らをシナに対して卑下して「東夷《とうい》」と称するような事大主義的なところがあった。そのシナかぶれは、江戸市内で西の方角に引っ越して「これで中国に少し近づいた」と喜んだなどという話が巷間ささやかれるほどである。そのせいかどうか、徂徠の門下には吉原通いをしたり、自分の書斎に女郎の浮世絵を掲げて喜ぶような学者も多かったという。

徂徠は、子孫のことを顧みずに学問に打ち込んだといえるのかもしれない。立身出世も果たした。だが彼自身は、仁斎の子である伊藤東涯のことを、たいそう気にしていたともいわれる。となれば、五人の子供を立派に育て上げた仁斎と比べて、いずれが人間的に幸せであったか。

幸福を手に入れた天才、晩年に孤独だった天才

晩年の孤独ということについて印象深いのは、江戸時代の安永三年（一七七四）に、解剖学についての蘭書『ターヘル・アナトミア』を翻訳し、『解体新書』として世に問うた杉田

玄白と前野良沢の例である。

もともと、この翻訳作業のリーダー格は前野良沢であった。だが出版に際して、前野良沢の名は翻訳者として記されなかった。その理由は様々いわれるが、一説には、学究肌の良沢が「翻訳がまだ十全でない」と固辞したのだという。一方の杉田玄白は、一応、これだけまとまったのだから、早く出したほうが世に益すると考えた。

たしかに良沢は、学者の良心という面では評価できるのかもしれない。だが、どちらが社会に貢献したかといえば、やはり軍配は杉田玄白に上がるだろう。

そして、この二人は家庭生活についても両極に分かれたのである。

杉田玄白は家庭にも恵まれ、弟子も多く、『解体新書』の成功によって富も名声も手に入れ、文化十四年（一八一七）に八十五歳で亡くなった。

一方の前野良沢は、独身でこそなかったが、名利を卑しむあまり、交際を慎むようになったという。一人で蘭語研究に打ち込んだが、生活は窮乏し、長男と妻に先立たれてしまう。晩年は次女の嫁ぎ先に厄介になって、享和三年（一八〇三）に八十一歳で世を去った。江戸時代なら、娘の嫁ぎ先に引き取られるなど大変な恥だったに違いない。そんな良沢の生き方は、学者としては見事だとしても、果たして人間として幸福だったといえるだろうか。

さらに、例を海外に求めるならば、進化論を唱えたチャールズ・ダーウィンと、社会進化論を唱えたハーバード・スペンサーが挙げられるだろう。

ダーウィンは優しい妻とのあいだに十人の子供をもうけ、三人は夭逝《ようせい》したものの七人を立派に育て上げた。息子たちは銀行家、天文学者、植物学者、土木技師・ケンブリッジ市長などになり、それぞれに活躍している。

一方のスペンサーは膨大な著作を残し、その社会進化論は大きな影響力を誇ったが、生涯独身であった。晩年に、自らの著書を膝にのせて「この重さが孫の重さであったらよかったのに」といったともいわれる。

このスペンサーの言葉を聞けば、どちらが幸せだったかは自明であろう。ダーウィンは夜、奥さんに小説を読んでもらって神経を落ち着かせていたものだが、そのことを、晩年になっても不眠を訴えていたというスペンサーが知っていたら、どう思ったであろうか。しかも学問の業績はといえば、ダーウィンはスペンサーと比べても隔絶しているのだから。

そのダーウィンも、結婚するかどうかというときには、「親戚などつまらないことに煩わされる」「子供にパンを与えれば本を買う金も減る」などとデメリットを考えて迷った。だがその彼が結婚を決断したのは、「薄汚れた部屋での孤独な生涯よりも、優しい妻がソファに座り、立派な暖炉や本がある生活のほうがよい」「妻は永遠の伴侶であり、歳をとってからの友人となる」と考えたからであった。

結果として、そのとおりの幸せな生活を手に入れて、しかも大きな学問的業績も残したのだから、ダーウィンの決心は正しかったといえよう。

今、家族のいいところを強調するのは、あまり流行らないのかもしれぬ。だが、このような天才たちの話は、いい仕事をするために家庭を犠牲にする必要は絶対にないことを教えてくれる。そして、本当の幸福は身近なところにあるという確信を強めてくれるのである。

孫自慢ができなくなった

自らの著書を膝にのせて「この重さが孫の重さであったらよかったのに」と語ったスペンサーの悲哀を考えるとき、慄然《りつぜん》とせざるをえないのは、現代の日本がまことに孫自慢がしにくい環境になったことである。

私がまだ六十代だったころ、ロンドンで開かれた学会に出かけたことがある。日本からの参加者は私も含めて五、六人で、全員六十代であった。しかし話をしてみると、その中で孫がいたのは、なんと私一人だけ。当時は、私もまだ孫は一人だけだったが、他の人は誰も孫がいないのである。

昔であれば、六十代になれば、たいてい孫はいたものである。これは大変なことだと思った。それからも、同年代や、あるいは少し下の年代の方々とご一緒する機会が今に至るまで数多くあったが、たまたま孫の話題になったりすると、出席者の中で孫がいない人のほうが多いことがよくあった。

孫がいない人に向かって孫の話をすると、ほとんどは、どこか残念そうな表情をする。だから今、なかなか孫自慢ができなくなった。また世間一般でも、昨今では結婚して、子供を欲しいと思っている夫婦がなかなか子宝に恵まれず、不妊治療を受けているケースもあると聞くから、ますます孫自慢は難しい。

では、若い人が子育てを忌避《きひ》しているのかといえば、けっしてそうではない。国立社会保障・人口問題研究所が実施する「出生動向基本調査」の平成二十二年（二〇一〇）の結果を見ると、完結出生児数（夫婦の最終的な出生子供数）は一・九六人である。その五年前、平成十七年（二〇〇五）の調査では二・〇九人だったのが下がって初めて二人を割り込んだかたちだが、しかしなお、結婚した夫婦が死ぬまでに持つ子供の数は平均二人くらいということである。

さらにいえば、同調査によると、未婚者の希望子供数は、平成二十二年の調査で二・一二だという。つまり、まだ結婚をしていない人も、結婚した場合には子供をおおむね二人くらいは持ちたいと思っているということである。

にもかかわらず、平成二十五年（二〇一三）の合計特殊出生率は一・四三である。これは、それだけ結婚しない人が増えたことに大きな要因があると思われる。

ということは結婚を望まぬ人が増えているのか。どうも、そうでもないようである。同調査では、二〇一〇年段階で未婚の十八歳〜三十四歳の男女の中で、いずれは結婚しようと考えている未婚者の割合は男性八六・三パーセント、女性八九・四パーセントだという。

希望しているのに結婚できない、あるいは何となく婚期を逃してしまうようなことがあるとしたら、それは大いに悲しむべきことだと思われてならない。

時を失することなく結婚を奨めよ

日本国憲法には「婚姻は、両性の合意のみに基いて」成立するとある。そのせいばかりではあるまいが、もっぱら恋愛結婚を重んじる風潮も、いつのまにかできた。いつまでも子供が結婚しない場合であっても、見合いも紹介せず、何となく見守るだけになってしまう親御さんも多いのではないだろうか。

だが、子供をもうけるには、こと女性は身体的な年限もある。別に恋愛結婚に非を唱えるものではないが、いつ来るとも知れぬ「運命の人」を待ち続けて機会を逸するのは、取り返しのつかぬ悲劇以外の何ものでもない。孫を見るという「腹の底からの幸せ」を味わうためにも、何らかの方法で結婚を奨めるのに躊躇《ちゅうちょ》をすべきではないだろう。

もちろん、それはジジババになる自分のためだけではない。子供を持ち、孫を持つという人生最大の幸福を、わが子に味わってもらうためにも、時を失することなく結婚を奨めるしかないのである。

結婚するには若い人々の給与が低すぎてたいへんだともよくいわれるが、かつての日本ではそんな経済状態でも、みな当たり前のように結婚していたことを忘れるべきではない。「一人口は食えぬが二人口は食える」という至言もあるではないか。

一昔前までは親族に世話焼きがいて、あれこれとお見合いの手配などをしてくれたものである。現代であっても、親や親族がそのように世話を焼いて悪いことはあるまい。先に見たように最近でも、いつかは結婚したいと考える人が九割にも上るのだから。

恋愛結婚よりもお見合い結婚のほうが離婚率が低いということも、最近、つとにいわれることである。また最近は、様々な結婚相談サービスも盛んである。

『易経』に「霜を履《ふ》んで堅氷至る」という言葉がある。霜を履んで歩く季節が来ると、氷が張ってきて、やがて堅い氷になるという意味だ。徴候に気がついたときにすぐに手を打たないと、遅すぎることがあることは忘れるべきではない。

結婚という大博打《おおばくち》のリスクを舐める方法

どのような結婚を奨めるかというときに思い出すのも、佐藤順太先生の教えである。

佐藤順太先生は、猟犬にも詳しい先生だった。先生は猟銃についての百科事典の著者でもあり、『猟犬操縦法』という翻訳も出していた。その順太先生の話によれば、イギリスでは猟犬が生まれると一腹の値段がつくということだった。たとえば、母犬から五、六匹の犬が生まれると、一腹から生まれた犬として値段がつけられた。そのときの値段の付け方は、五、六匹の兄弟犬のうち、いちばん劣った犬の値段になる。どんなに優れた犬がいても、兄弟の中でいちばん劣った犬の値段になるのである。

イギリスはダーウィンの国だから遺伝というものを重んじていた。一匹でも劣った犬がいると、その犬から劣った犬が生まれる可能性がある。兄弟全員が優秀であれば、だいたい安全だということで、高い値段がつけられた。

順太先生は、猟犬の話をしてくれたあとに、結婚の話をされた。「結婚をするときには、兄弟姉妹を見ろ」というのである。

今のご時世であれば、結婚を猟犬と比べるなど、随分乱暴な話だとされかねない。だが、私はその教えを守った。というのも、知的生活を送るためには、配偶者の選択が決定的だと考えていたからであった。

当時は見合いで結婚するのが普通だったから、私は見合いで結婚をした。何人かと見合いをして、断られた人もいるし、断った人もいる。私が気に入ったのは今の家内だった。幾度か会ってから結婚することを決めた。

その間に彼女の兄弟と会うことができた。家内には三人の兄弟がいて、三人とも東京の難しい高校を出て、大学は全員早稲田だった。何よりも目を引いたのは、三人とも体格がとてもよかったことだ。

「これは順太先生の物差しに合うなあ」と思いながら会っているうちに、だんだん好きになって結婚しようということになった。

結婚というのは非常に大きな博打《ばくち》だ。けれども、兄弟がみなしっかりしている相手と結婚する場合は間違いが少ない博打になる。また、家庭生活を送る場合、相手は相手の親のあり方に多かれ少なかれ影響を受けることも考えておいていい。相手の親や兄弟がしっかりしている人と結婚すれば、結婚後にこちらも変なことはできない。それが結婚生活に不和をもたらさないことにもつながる。

私の背中を押してくれた家内

自慢めく話になるが、どうやら私はその博打に勝てたようである。私の家内が、勉強の邪魔になったことはなかった。「本を買うな」といったことも一度もなかった。むしろ、私の背中を押してくれる存在であった。

結婚して間もないころのことだが、どうしても二十二巻ほどもあるＤＮＢ（ディクショナリー・ナショナル・バイオグラフィー）が欲しくなった。しかし、それは当時の月給よりも高い。大いに迷っていたら、家内は「それは役に立つ本ですか」と聞いてきた。「そりゃ、あれば助かる」と答えると、なんと家内は私に「おかしな人だ」といったのである。「男が、自分の役に立つことがわかっている本を、買うか買うまいか悩んでいるのはおかしい」と。以来私は、欲しい本を買うのに躊躇したら妻に軽蔑されるのではないか、と思える幸せに浴することになったのであった。

もっとも、さすがの家内も、前の家（もちろん書庫もあったのだが）に住んでいたとき、本がだんだん増えてついには応接室にまで本があふれ出したときは、本が増えることに警戒感を示すようになった。「この家には本権はあるけれども人権がありません」などと口にするようになったが、本のせいでホームパーティの開催も不便になってしまったのだから、家内の主張ももっともだった。しかし結果的に、それがさらに大きな書庫を備えた現在の家を構えるきっかけにもなった。やはり家内は、背中を押してくれたといえる。

家内が本に対して理解を示してくれたのは、その父親の影響であろう。義父は学問が好きで、本を大切にする人だった。家内は娘のころからそのような父の姿を見て、本は重んじるべきものであると考える感性を養ってきたのであろう。

そのわずかなヒントをもとに、私も心がけてきたことがある。私は職業柄、研究者を志す教え子の仲人を頼まれることがあった。そのとき、しばしばその婚約者をわが家に招待して、私の書庫を見せるようにしていたのである。

ただ、それだけのことであるが、学者の妻になるべき婚約者が、「自分の夫にも、これぐらいの本が必要なのか」と思ってくれるようになればしめたものだ。配偶者がそう思ってくれるかどうかは、研究者にとっては死活的に重要な問題なのだから。

幸い、配偶者が理解ある人ばかりだったからか、私が仲人した十幾組には一件の離婚のケースもなかったし、子供が生まれないケースもなかった。それは私自身にとっても大いなる幸せである。

「見てみろ。あのおばあさんの幸福そうな顔」

一方、私の知り合いに離婚された方が何人かいる。その方々の子供は、なぜか、たいてい結婚をしていない。子供といってもかなりの歳で、それぞれ立派な大学を出て就職して独立している人たちだ。

なぜ、結婚しないのだろうか。思うに、やはり育った環境が影響するに違いない。どうしても離婚の際には何らかのゴタゴタを伴うものだ。子供たちは親の離婚を見て「あんなに大変な思いをするなら、結婚なんかしないほうがいい。一人でいたほうが気楽だ」と思ってしまうのであろう。

子供が結婚に躊躇するかどうかは、もちろん親が子供にどんな影響を与えたかが大きい。夫婦が円満で、親と過ごす時間が非常に楽しかったという子供は、躊躇なく結婚するはずだ。「よい記憶」を子供に残すことも親の仕事なのである。

幸いにして私の子供たちは結婚に躊躇した者はいなかった。子供に対して親としてよい影響は与えたのではないかと思う。私は渡部家の長男だから、家系に対する務めは果たしたような気がしている。

子供に対する教育が成功したかどうかは、子供が偉くなったかどうかだけでは判断できない。私は、子供が結婚をして子供をつくれば、それだけでも教育は成功だと思う。子孫がつながっていくことは本当に素晴らしいことなのだから。

私たち夫婦は、結婚したら子供をつくるものだと思っていたから、すぐに子供をつくった。家内は二十四歳で結婚して三十歳までに三人産んだ。家内は蒲柳《ほりゅう》の質であったが、母乳で育てるくらいの力はあった。不思議なことに、子供を産むたびにだんだん丈夫になっていった。八十歳になった今も元気である。

その元気な八十歳の家内が関西でピアノを弾く機会があり、家族で関西に集まった。長男の嫁が神戸出身なので、お嫁さんのお母さんも呼び、長男一家と一緒に大きな温泉ホテルに泊まったのである。

連休中だったこともあって、宿泊したホテルは家族連れで満員だった。朝食はバイキングである。丸テーブルがたくさんあり、そこに各家族が七〜八人ぐらいずつ座っている。私たちの隣のテーブルでは、おじいさん、おばあさん、若夫婦、孫たちが語らいあって楽しそうに食事をしていた。

そのおばあさんの顔を見ると、実に満足そうで嬉しそうな顔をしている。私は家内に「見てみろ。あのおばあさんの幸福そうな顔」といったが、あちらのテーブルから見たら、私の家内も幸福そうな顔に見えたのではないかと思う。

この歳になると、自分の孫でなくても、子供を見ると楽しくなる。元気な子供たちがたくさん集まっている様子を見るだけでも嬉しくなる。

自宅の近くに小学校があるが、学校から帰ってくる子供たちが道を歩いているだけでも、神父でもないのに祝福してあげたいような気分になる。お母さんが自転車の前と後ろに子供を乗せているのを見ると、手を合わせたくなる。

子供のいない人生に手応えはあるか

子育てというのは、とても厄介なものだ。「子供がいなければもっとのんびりと暮らせるのに」とついつい思ってしまう親も多いことだろう。

しかし、子供を育てることは厄介だけれども、それが人生の手応えになる。配偶者もいない、子供も育てない、親も養わない、たった一人でいる、というのは気楽かもしれないが、人生の手応えのようなものをあまり感じないのではないか。

独身の人に手応えがあるとすれば、仕事くらいであろう。仕事の鬼になって仕事で成功する生き方もある。しかしそれでは、どれだけ成功したとしても、せいぜい人間の喜びの半分、天使の部分の喜びにすぎない。逆に、普通の凡人にとっては、仕事で成功しなくても、子供がいて孫がいれば、それだけで十分すぎるほどの幸せを感じられるのである。

男も女も、子供をつくる肉体を天から与えられている。進化論から見ても子供を持つことは幸せなことだ。キリスト教の聖書でも、人は一人でいるのはよからず、としている。神はアダムにエバを与え、エバにアダムを与えた。子供をつくるにはアダムとエバが結びつくしかない。一方、日本の古事記でも、「わが身は、成り成りて成りあわざるところ一処あり」という女性神の伊邪那美命《いざなみのみこと》に対して、男性神の伊邪那岐命《いざなぎのみこと》が「わが身は、成り成りて成り余れるところ一処あり。このわが身の成り余れるところをもって、汝《な》が身の成りあわざるところに刺し塞《ふさ》ぎて、国土を生みなさむ」といい、国産みがなされたとされる。シンプルであるが、これ以上の真実はない。

母乳のことを考えても人間の身体は、主に母親が子供の面倒を見るようにつくられている。夜中に赤ん坊がぐずった場合、母親はすぐに目覚めるが、男親はなかなかそういうわけにはいかないともいわれる。やはり母親が子供の面倒を見るのが、いちばん自然の法則には適《かな》っているのである。

肉体のことをいうのは卑怯《ひきょう》だという女権論者もいるが、女性の身体の多くの部分は子供を産んで育てるようにできている事実を否定することはできない。また、子供にとっても、母親に面倒を見てもらうことはとても幸せなことであろう。

では、母親が子供の面倒を見ることを否定する思想が行き着くところはどこか。かつてレーニン夫人のナデジダ・クルプスカヤは「子供は国が育てるべきだ」と唱えた。家族から子供を引きはがし、国家の手で集団教育をして育てようと考えたのである。

確かにそういう思想もありうる。しかし、それが子供にとって幸せなことだろうか。子供を取り上げられてしまう親も、心からの手応えを感じることができるだろうか。親も子供も、到底幸せになれるとは思えない。

このように結婚や育児、家庭のあり方について書き連ねてくると、「古臭い家族観の押し売りだ」「女性を子供を産む道具だとでも思っているのか」などという批判が飛んで来かねない世の中である。しかし、私は私自身が至福だと思ったことを、そのまま素直に書き、お奨めしているのである。何をはばかることがあろうか。

親の恩は子に送れ

私の母は早くに亡くなったため、私の結婚は知らないが、次姉が結婚して最初の孫が生まれたときには、本当に嬉しそうだった。「これで私はおばあさんになれた」と心の底から喜んでいた。

母は、「親の恩は子に送れ」とよくいっていた。親というのは本当に大変なものだけれども、それは親になってみないとわからないかもしれない。しかしそのときになって親孝行をしようとしてもしきれるものではない。親孝行する気があるなら、子供をかわいがってやる。親の恩を子に送ることが親孝行になるというのだ。

うちの子供たちはみんな孫をつくってくれた。そして、その孫たちを大切に育ててくれている。私の母のいうとおり、確かにそれだけで私はとても嬉しい気持ちになる。

最近の言葉でいえば、DNAを次の次の世代まで渡すことができた安心感でもあろう。責任感からも解放された。孫に対してはその親が責任を持ってくれるから、ジジババはわが子ほどの責任感はあまり感じないで、孫をかわいがっていればいい。

先祖代々続いてきたＤＮＡを子供に確かに渡したという実感は、安心立命の基ともなる。凡人は、孫や曾孫がいれば特別に修行しなくとも大往生できる、というのは私の年来の確信である。

孫の成長を寿《ことほ》ぐことは、ジジババのこのうえない喜びである。孫がいかに優秀かなどということを聞くだけでもニタニタしてしまう。もちろん「二十歳過ぎればただの人になることが多い」ということは知っているが、それでも賢い孫に将棋で負けると嬉しくなる。これほど、負けて嬉しいことはない。

孫にとっても、ジジババの存在は大切だと思う。このごろは、躾《しつけ》と称しておかしなことをする親が増えている。その結果、不幸にも命を落としてしまう幼子すらいる。若い夫婦が極端なことをしてしまうのは、近くにジジババがいないことも影響しているだろう。子育ての経験を持ったジジババがいると、「まあまあ、子供というのはそんなものだよ」と緩和することができる。「お前だってそうだったのだよ」といわれれば、たいていの親はハッと気がつくだろう。

若い親を孤立させてしまうのは、かえって気の毒なことなのである。しかし今は、家族が孤立化してしまっている。結婚をする場合も、家族と家族が結びつくというより、個人主義的な結婚になっている。これは由々しきことである。

結婚式をやらずに籍を入れるだけの夫婦や、家族を呼ばないで友達で集まって会をする夫婦もいる。しかし、できるならば、少なくとも両家の家族親類が集まった披露宴はするべきである。ささやかな披露宴もできないような結婚をしてはいけないと思う。そういう男女の結びつきを「野合《やごう》」といったものである。昔のように両家の家族が見守る中での結婚のほうが自然であろう。

「金婚式」は「結婚式」よりもさらに素晴らしい

結婚式よりも、さらに素晴らしいのは金婚式である。

私は結婚して五十年以上を経たが、歳をとると、しみじみと結婚のよさがわかる。歳をとればとるほどわかる。

五十年以上の記憶を二人で共有していることは大きい。人生の中で五十年間も記憶を共有している人は、他にはいない。子供は遅くとも二十歳を過ぎると親と離れるから、親と記憶を共有しているのは、せいぜいが二十年くらいである。同じく、自分の子供と記憶を共有できるのも二十年くらいだ。

それに対して夫婦は、長いあいだのすべての記憶を共有している。

結婚生活が長く続くと、本当にお互いがベターハーフになる。夫から見れば妻がベターハーフ。妻から見れば夫がベターハーフである。

ベターハーフというのは、もともと天国で一つだった魂が、この世では男性と女性に分けられて別々に生まれてくるという発想である。もともと一つだったから、そのような相手と出会って結婚すると、身も心も相性が合うのだという。なるほどロマンティックな考え方だし、そういうこともあるのかもしれない。しかし考えてみれば、もともとが一つであろうがなかろうが、五十年もお互いに思いやって生きてくれば、大概はベターハーフになるのである。そして、そういう関係を長きにわたって結びえた人間というのは、かなり信用できる人間だと思う。

私は、結婚した人に会うと「結婚はいいものですよ。だけど、金婚式はもっといいですよ」と話している。

ガブリエル・マリが作曲した「金婚式」という小曲がある。どことなく哀感のある短調の調べで始まる曲である。結婚というのは、別々の人間が一緒に暮らし始めるのだから、最初はどうしたって短調の要素を持っている。辛《つら》い側面、我慢しなければいけない側面だってある。しかし、この曲はだんだんと短調から明るい長調に変わっていく。なるほど、と最近はしみじみと思う。

私は、男の立場からしかわからないが、達者な妻がいることは何よりもありがたい。妻に先立たれた人の中には、後妻を迎えて辛い思いをする人もいる。長年の記憶を共有してきたベターハーフが元気でいてくれることは、本当にありがたいことである。

家族軽視・独身賛美は「悪魔のささやき」

本章の冒頭にも挙げたが、最近は華々しいキャリアウーマンの典型のような女性たちが、家族を軽視し、独身生活を讃えるようなタイトルの本を書くことがある。

読んでみると、幸福論というより、むしろ「やせ我慢」「愚痴自慢」でも競うがごとくの摩訶《まか》不思議な内容である。このような書は天地の道に背《そむ》く「悪魔のささやき」のような本ではないかと私は思う。

「悪魔のささやきのような本があるものだぞ」と教えてくれたのも佐藤順太先生であった。順太先生は、それは花柳《かりゅう》文学だとおっしゃった。花柳文学とは芸者や遊里の世界（花柳界）

に沈潜する喜びや悲哀、人情味などを書き連ねたものである。綺麗所《きれいどころ》や美酒の世界に惑溺《わくでき》する花柳文学の作家は、健康な若い男を見るとうらやましくなって、一人でも花柳の道に誘いたくなる。花柳文学を美しく書く連中は、みんな花柳病に罹っているのだ、という話だった。順太先生は作家の名は挙げなかったが、頭の中には明治、大正の文学者の幾人かがあったのだろう。

キャリアを積んだ立派な女性の身の上話を、花柳文学と比べるとお叱りを受けるかもしれない。しかし花柳界もキャリアの世界も、いずれもそこに人生の喜怒哀楽や、独特の味わい深い文化、複雑な人情の機微があるのは、誰も否定できない事実である。そうであればこそ、その深みにはまって家族の喜びがおろそかになってしまう人も出てくるのである。

そういう世界に浸り切った人の目には、家族という健康な喜びを勝ち得た人がうらやましく映り、一人でも自分たちの道に誘いたくなるのではなかろうか。

もちろん、花柳文学者にしても家族軽視論者にしても、実のところ羨望《せんぼう》や妬《ねた》み嫉《そね》みなどの動機を、自分の胸のうちに明確には意識していない人のほうが多いかもしれぬ。だが、そこが人間の心の隙間《すきま》に入り込む「悪魔のささやき」の怖さであり、罪深さである。

「悪魔のささやき」を退《しりぞ》ける智慧《ちえ》

このような「悪魔のささやき」を退《しりぞ》けるものとして挙げるべきは、やはりカトリックの神父と修道女であろう。

神父や修道女はある種の無産階級で、自分の財産を持っていない。結婚も許されていないから独身である。しかし、カトリックでは神父も修道女も、結婚をとても祝福する。一種のパラドックスだが、神父や修道女は自分は独身であっても、結婚した人に「結婚おめでとう」といい、心から祝福をする。

昭和二十年代ごろは、有名な女子大学でも大学院を設置できないところが多かった。私が通った上智大学は小さな大学だったが早くに大学院が認められていたので、上智の大学院に他の女子大学出身の学生が入学するケースもよくあった。

当時、上智大学出身の女子大学院生たちは、縁談がまとまると「おめでとう」といいあっていた。ところが、女性の自立を勧めているような女子大学から来た大学院生たちの大学では「あなたも堕落したわね」という受け止め方をしていたそうだ。

結婚を否定することは、カトリックでは考えられないことだったから、そのような話はとても印象的だった。

カトリックのような古い宗教の多くでは、独身主義と結婚の祝福が不思議な共存関係を保っている。聖職者が独身主義なのは、知的生活、あるいは霊的生活において家族が足枷《あしかせ》になる部分があるからであろう。形而上的なるものを探究する人間にとっては、家族の喜びはあまりに強すぎるのかもしれない。

しかし、結婚により子供をもうける営みこそが天地のいちばんの大元であることを否定したら、人間社会、ひいては人間の生命そのものが成り立たない。独身主義の聖職者が、世俗における結婚を否定するどころか祝福してきたことこそ、長い歴史で培《つちか》われてきた叡智《えいち》であろう。

歳をとると、そういう歴史の智慧《ちえ》の妙味を嚙みしめることができる。長い人生経験を顧みながら「これは、本当だなあ」「結婚は大事だなあ」と実感を持って受け止められる。もちろん若い人に強制することはできないけれども、それでも年配者が、古《いにしえ》より語り継がれてきた天地の理《ことわり》をきちんと若い人に伝えていくことは大切なことなのである。

その考え方に則《のっと》るなら、私は一人の年配者として、こういいたい。キャリアを重ねて婚期を逃してしまった人、あるいは自分の家庭生活に失敗してしまった人も、カトリックの神父にならって、他人の結婚を祝福し、家庭生活を寿ぐ言論を展開して然るべきではないか。それこそが智慧のある態度ではないかと思うのだが。

栄えている社会のよき伝統に学ぶ

栄えている社会は、どこかによい伝統を持ち続けている。もし、「人殺しをしてもよい」というような社会であれば、その社会は滅びているに違いない。

歴史を振り返ってみると、ヨーロッパが世界を席巻していたのは、白人の人口が増えていた時期であった。私が上智大学の学生だったころ、上智の神父にはドイツ系の白人が多かった。聞いてみると、そのような神父の多くに七人〜十人くらいの兄弟がいて、そのうちの二人か三人が神父になったり、修道女になったりしていた。人口を背景にして西ヨーロッパの宗教や文化が世界に広がっていたのである。

地球環境を考えれば、人口が爆発的に増えればいいというものではないが、国や文明というものを考えたときには、それを担う民族の人口がある程度は増えなければならない。どの国でも、子供がいなくなれば国はなくなる。恐竜のような巨大な動物でも、子供がいなくなれば消えていく。古代文明をつくった国でも、子供もつくれぬような環境になってしまったところは消滅してしまった。

日本の歴史は、割り引いて見積もっても二千年は続いてきた。その間に「家族」というものを重んじなかった時代は一つもない。重んじ方のルールは時代によって違うが、常に家族が重んじられてきた。一つには「家」を大切にしてきた精神文化があったからであろう。日本人は、子孫が先祖を祀《まつ》る。子孫が続いていればずっと祀られて、いわば不朽なる存在になるが、子孫がなければ無縁仏になってしまう。死後の永遠性を「家」が保障してきたようなものだから、家が続くことは重大事であった。

シナは、繰り返し異民族に支配されてきた国である。にもかかわらずシナ人は増え続けた。もともと血族を重んじる気風があったのだろうが、それを儒教が後押しした。儒教は家を重んじる習慣を大切にしてきたからである。儒教の伝統を大切にするシナ人たちは、異民族に支配されても自分たちの血族を信じ、家を守ってきた。それによってシナ人は増えていった。

もっとも、そのシナでは中国共産党政権が一人っ子政策を導入した。この政策によってどんな影響が出るのかは、よく見ておかなければなるまい。

私が知るかぎり、あらゆる文化が栄えた場所は、家族が重んじられたところである。家族がうまくいっていると、みんなが発展する。少なくとも家族が重んじられる国が滅びることはない。だが、その伝統が崩れていくと、栄えている国でも崩れていく。その伝統の恩恵を次代につないでいくことこそ、歳をとった者の役割であろう。

家族がなくても「惜福」「分福」「植福」

これまで家族を持つ喜び、子供を持つ喜び、そして孫を持つ喜びこそが、凡人にとっての本当の幸福だと記してきた。

では、自分の家族や子供に恵まれなかった人はどうすればよいのか。

そこでも思い出していただきたいのは、私の長姉である。彼女は結婚には恵まれなかったが、弟である私の子供たちに会えたことが「人生のいちばんの幸せだった」といってくれたのであった。自分の子供ではなくとも、誰か次世代の者のために尽くすということは、大きな幸福をもたらしてくれることなのである。

もちろんそれが、自分にとって身近な者の子供たちであれば、より情が湧きやすいであろう。しかし、そうでなくともかまわない。

その点については、スイスの法学者にして哲学者であったカール・ヒルティの生き方が非常に参考になる。彼は『幸福論』や『眠られぬ夜のために』で有名だが、ごく普通の大学教授で、けっして大金持ちというわけではなかった。しかし、生涯、孤児への援助を続けていたのである。その方法は、一人の孤児が一人前になるまでお金を出し続け、その子が育つと、別の子供の支援を始めるというものであった。なるほど、「自分には子供がいる」と思えば、普通の人でもできないことではない。

幸田露伴は、幸福について書いた『努力論』の中で「惜福」「分福」「植福」の幸福三説を主張している。露伴は次のように説明する。

〈惜福とは何様《どう》いうのかというと、福を使い尽し取り尽してしまわぬをいうのである。たとえば掌中に百金を有するとして、これを浪費に使い尽して半文銭もなきに至るがごときは、惜福の工夫のないのである。正当に使用するほかには敢《あえ》て使用せずして、これを妄擲《もうてき》浪費せざるは惜福である〉

〈分福とは何様いうことであるかというに、自己の得るところの福を他人に分ち与うるをいうのである。たとえば自己が大なる西瓜《すいか》を得たとすると、その全顆《ぜんか》を飽食し尽すことをせずしてその幾分を残し留むるのは惜福である。その幾分を他人に分ち与えて自己と共にその美

を味わうの幸《さいわい》を得せしむるのは分福である〉
〈植福とは何であるかというに、我が力や情や智を以て、人世に吉慶幸福となるべき物質や情趣や智識を寄与する事をいうのである。即ち人世の慶福を増進長育するところの行為を植福というのである〉（以上、『努力論』）

つまり、「福」が来たらそれを全部使い切らないで、守る（惜福）。そして、その「福」を他の人にもしかるべく分けてあげる（分福）。さらに、その「福」を人間社会の幸福増進のために使うべく、福の種を蒔《ま》いて植えていく（植福）のである。

海外でも「分福」をしている人は多い。ボランティアもそうだし、ちょっとした募金やギフトもそうだ。ちょっとしたお金持ちなら、奨学金をつくって学生を支援していることも多い。アメリカの大学に行くといろいろな建物の名前に個人名がついている。お金持ちが大学に施設を寄附しているからだ。日本とアメリカとでは寄附税制が違うから単純に比較はできないが、やはりこのような寄附文化には大きな意義がある。

このような「分福」「植福」に共感していたので、私も大学で教鞭《きょうべん》を執《と》っていた時期には、学生たちをぜひ支援したいと考えていた。そこで大したことはできないが、上智大学の近くにワンルームマンションを借りることにした。ゼミの学生たちのたまり場がなかったので、その部屋を自由に使ってもらったのである。タバコと麻薬は絶対にやってはいけないが、酒は飲んでもいいことにした。もちろん帰れなくなったら、その部屋に泊まってもいい。

私はそこに顔を出したことはなかったが、学生たちに聞くと、とても喜んでくれていたようだし、賢明に使ってくれていたようである。私のゼミではラテン語の授業はなかったが、英語の研究をするにはラテン語も必要になるからと、ワンルームマンションの中でゼミの先輩が後輩にラテン語を一生懸命に教えていたそうだ。みんなで将棋などをすることもあったらしい。

その部屋は、私が定年退職するまで、ずっと借りていた。利用した学生たちの多くが、今では、大学の先生になっている。ワンルームマンションの賃貸料だけだから、それほど大きな金額ではなく、ささやかな支援にしかなっていなかったと思うが、ゼミの学生たちが非常に有効に使ってくれたことは嬉しかった。私の投資は何倍にもなって返ってきたといえるだろう――教育者として後進を育てえた喜びというかたちで。

若い人を支援するのにそれほど大きなお金がかかるわけではない。自分のできる範囲内で若い人の役に立ちそうなことにお金を使うといいのではないかと思う。自分の子供や孫がいる人なら、その未来のために。自分の子供がいない人でも、身近な人や、縁があった人たちの未来のために。

未来に花開く「福」の種を植える至福

お金がない人なら、お金を使わぬかたちで助けることもできる。私の父の例を、『知的生活の方法』にこう書いた。

〈情報収拾の重要さということが言われ出したころに、私も広く新聞・雑誌から新鮮な情報を集めてやろうと思った。赤鉛筆で印をつけながら読む。(中略)閑《ひま》であった老父が、私が印をつけたところを切り抜いてくれた。(中略)当時七十歳を越えていた父は、息子の役に立つだろうと思って、いわゆる情報収集の手伝いをしてくれたのである。新聞を切り抜くことが息子の勉強に役立つと信じて、喜んでやってくれたのであった。しかし実際のところ、それは一度も役に立ったことはなかったのである。ただその切り抜きを入れた箱を見るたびに、ありし日の父が、大きな老眼鏡をかけながら切り抜いていた姿が目に浮び、私は鎮魂と感謝の想いをこめて短い祈りを唱える。切抜きによる情報収集は、私の場合は知的生活には役立たなかったが、霊的生活には少し関係があるようである〉（『知的生活の方法』）

ここに書いたように、情報収集としての「切抜き」は、私には役立たなかった。結果的に、私にとって役立たないことを父にしてもらっていたことになる。

だが、そのおかげで私は、新聞や雑誌の記事を切り抜くよりも、本を買って自分のものとし、線を引いたり印をつけたりして読み、本の最後の部分に考えたことや気づいたことをメモするほうが知的生活の手段として遥かに優れているという実感を得ることができた。そして、それを多くの方々にお伝えできた。父もどこかで苦笑しているかもしれない。

ただ私にとって、父が喜んで手伝ってくれた姿は、けっして忘れられるものではない。父が切り抜いてくれたのは、そう長い期間ではなかった。結局、私がそれを読み返したことが一度もなかったからである。しかし、その量は膨大なものとなった。それだけ、私の父はせっせと切り抜いてくれたのである。

そのことがなぜ、いつまでも忘れられないのか——。それは、父が私のためによかれと思ってやってくれていたことだったからであろう。父は、私の幸せに少しでも役立てばと願い、新聞を切り抜くという行為で「分福」をしてくれたのである。

自分が歳を重ねると、親の恩のありがたさにしみじみ気づく。「孝行のしたい時分に親はなし」とはよくいったものである。思えば思うほど、私の母が語った「親の恩は子に送れ」という言葉が、切々と胸に迫ってくる。

やはり歳を重ねた人間は、自分が親や周りの人々からいただいてきた「福」に思いを致し、次世代の者にその福を「分福」することを考えるべきであろう。

もしかしたら「分福」しても、そのときには相手から思ったほど感謝されないかもしれない。私が私の父にさせてしまったように、それほど役に立たないことかもしれない。

しかし、それでもいいではないか。いつか未来に相手がそのことを思い出し、自分が与えた「福」を誰か別の人に分けてくれるかもしれないと考えたら、これほど愉快なことはない。まさに未来に花開くであろう「福」の種を植えたことになるのだから。

この愉快さは、間違いなく、歳を重ねた人間にとって至上の幸福の一つであろう。

第三章

『お金』の賢い殖《ふ》やし方、使い方

喜寿で背負った二億円の借金

私は喜寿になる七十七歳のときに二億円を超える借金をして、現在の家を建てた。巨大な書庫をつくって自分の全蔵書を書棚に飾り、全蔵書と対面してから死にたいと願ったからである。家内が、それまで住んでいた家について「本権はあるが人権はない」とこぼした話は第二章で紹介したとおりだが、新しい家はピアノを二台置ける応接室もつくったことで、ようやく人権も保証されることになった。

普通は、その歳では銀行もなかなかお金を貸してくれないだろうが、土地があったので、それが担保となった。幸運なことに、私の若いころは高度成長の時代であった。だから結婚後、すぐにローンを組んで、土地を買い、家を建てることもできた。毎年毎年、日本の経済が成長して給料も上がるので、ローンもわりと早く返済できる。そうして求めた土地が担保となったのだから、ありがたいことである。

また、現役時代ほどではないが退職後も収入があったし、借金に見合うだけの貯金もあった。だから、私に万が一のことがあって借金が返せなくなったとしても貯金で返せば、妻が家を取り上げられることもないだろうと思っていた。幸いにして私は現在まで健康を保つことができ、今では「わが家に多いもの四つあり。読んでいない本、見ていないDVD、弾いていないピアノ、返していない借金」などと冗談をいって笑っている。

聖書の「明日のことは明日のこと、明日のことを今日心配する必要なし」の聖句どおりといったら怒られるが、思えば私はひたすら借金を重ねる人生を送ってきた。わが家の子供たちはみな音楽家になったが、そのためにも随分お金が入り用だったからである。

娘はピアノ、息子たちはチェロとヴァイオリンだが、弦楽器などは楽器代がべらぼうに高いうえに、子供の成長に応じて買い替えていかなくてはいけない。さらにレッスン料だってバカにならない。

それでどんどん借金をしていったのだが、借金をする折に保険にさえ入っていれば、何かあっても迷惑をかけることもないだろうと腹を括《くく》っていた。その意味では、私は借金慣れしているともいえる。だから、喜寿で二億を超える借金をするような蛮勇《ばんゆう》がふるえたのかもしれない。

もちろんお金の事情は人それぞれであって、借金慣れした私の方法が多くの人の参考になるとも思えない。ただ、歳をとったからといって自分のやりたいことをあきらめる必要はない、ということは強調したいと思う。

定年後の気分を左右するのは収入の有無

歳をとっても何かをやろうとすればできる。貸してもらえるかどうかはわからないが、誰に迷惑をかけることもないのなら借金をしたっていい。家や土地がある人は、それを元手にして新しいことを始めることもできる。

年金生活をしている人の中には、ものすごく慎ましく、悲しいほど慎ましく生きている人もいる。いざというときのために貯金は残しておきたいかもしれないが、あまりに慎ましくなりすぎるのはよくない。

定年後の気分を左右しているのは、収入の有無であろう。ささやかであっても、定年後に収入がある人は随分と違う。

収入がない人は必ずケチになる。それは昔の女の人を考えればよくわかる。昔の女の人は、ケチと相場が決まっていた。収入がなかったから当たり前だ。飲み食いしても男が出すものだった。ところが今の女性は働いている人も多くて、お金の使いっぷりがよい。よほど男性よりも思い切りがよいのではなかろうか。

歳をとって遊び回っているのも女性が多い。年金があってお金を持っているし、お金の使い方も遊び方も知っている。遊ぶ相手にもことかかない。一方、男のほうは、企業年金をもらえる人でも、定年前と比べると収入が減るからお金を使わなくなる。ことに会社の接待費ばかり使っていた人などは、定年を過ぎると、とたんにケチ臭くなるようである。

少しでも収入があれば、気分が慎ましくなりすぎないで済む。「慎ましく、慎ましく」という気分にならないようにするために、お小遣い稼ぎ程度でいいので、何か仕事をするのがいいと思う。

現役時代と同程度の収入を、などと考えたら大変だが、お小遣い稼ぎ程度と考えれば、いくらでも仕事はあるのではないか。女性の場合は、健康でさえあれば、歳をとってからでもいくらでも仕事はある。たとえば、家事手伝いをすれば雇ってくれる人はいる。男性でも女性でも、仕事をしていた人なら、その経験を生かした仕事も探すことができるはずだ。もちろん、その経験が邪魔になるというなら、まったく違う仕事をすればいい。老人ホームでもいちばん嫌われるのは、現役時代に偉かったことをいつまでも引きずる人だといわれる。自分がそうなってしまいそうだったら、あえて別の道を歩んでみるのも悪くない。

趣味でお金を稼ぐことを考えたっていい。インターネットが発達した今の時代、やりようはいくらでもある。誰かに迷惑をかけるならやめたほうがいいが、そうではないなら挑戦してみればいい。これも、「小遣い程度」と考えておけば、変な欲をかかなくて済むし、火傷《やけど》をする危険も減るだろう。求めよ、さらば与えられんである。

さらにいえば、退職後に活躍できる人は、何らか自分の興味のあることを常日頃から勉強し、蓄積を重ねてきた人が多い。少なくとも、現役時代からそういう意識を持っているかどうかで、道は大きく変わってくるだろう。

すでに老後に入っている人でも、手を打つなら早いほうがいいに決まっている。間違っても「悠々自適」などという言葉に、必要以上に踊らされないことである。

特待生になれなければ退学

二億円の借金をしたなどというと、変な自慢話のように取られてしまうかもしれないが、私がそのようなことを語れるのは、私自身が裕福な家の出身ではないことと、本多静六先生のことを学んだことが大きい。

私の実家は、鶴岡で小間物や化粧品を扱う「あぶらや」という名の小さな店であり、その商売のほとんどを担っていたのは母親だった。もちろん私は子供のころから、自分の親が金持ちでないことをよく知っていた。

ところが敗戦から二年ほど経って、それまで定職に就くことなく五十歳を過ぎた父が、偶然の縁で就職することになった。それで翌年の昭和二十四年に、私は大学を受験できたのである。しかし、私が大学に入学して三カ月も経たないうちに父は職を失ってしまった。ほとんど私を大学に入れるために定職に就いたようなものだった。私にとっては、奇跡的ともいえる偶然であり、運命の微笑みだった。

大学に入学したとき、一年目の授業料はすでに納めていたから、寮にいるかぎりお金の問題はなかった。ただ、父親が失業していたため、二年目からの授業料のめどがつかない。育英会などの奨学金も申請していなかった。大学入学後に申請しても、すぐに奨学金がもらえるわけではないので、利口な人は高校時代から申請していた。自分がいかにぼんやりだったか、入学後に思い知らされた。

私は授業料を工面する方法を考えざるをえなかった。終戦直後であり、当時の上智大学は名もない大学だったから、家庭教師のようなうまい話はない。一つだけ方法があるとすれば、授業料を免除してもらうことだ。私は、一番になって特待生になれば授業料は免除されるのではないか、と考えた。

一番になるためには他のクラスメートよりよい成績をとらなければならないが、私はクラスメートの成績など意識したことがなかったし、そんなことを意識するのも嫌だった。どうすれば、他人の成績を気にせずに特待生になれるか。単純な男なので、すぐに方法を思いついた。全学科、百点を取ればいいのではないか、と。

そこで私は、「全学科百点」をめざすことにした。毎日、朝早く起きて、五時四十五分に洗面所に行って水をかぶった。正月休みで帰省するまで一日も欠かさなかった。冬は寒かったけれども、水をかぶった。水で目を覚ましてそれから勉強をした。

当時の上智大学は、午前中は授業がみっちり詰まっていたが、午後一時以降は授業はなかった。そのころの食糧事情だから、午後にアルバイトをしている人間はたくさんいた。けれども私はアルバイトはせずに全部を勉強時間に充てた。授業を聞いてノートを取ったところはすべて検討し直し、一点もわからないところがないようにした。

授業のときには常にクラスのいちばん前に座り、先生のいうことは一言漏らさず聞いて、わからないときにはどこまでも質問したり、自分で調べたりした。

特待生になれなければ退学になる可能性が高いのだから必死だった。一念岩をも通すではないが、おかげで一年生の通信簿では全科目百点かそれに近い点数を取ることができ、二年生からは特待生になれた。せっかくだから卒業するまで百点主義を通そうと考え、卒業までずっと特待生を続けることができた。

二年目からは奨学金の申請も通った。日本育英会の奨学金と、荘内育英会（旧藩主・酒井家と酒田の富豪の本間家が創設）、そして克念社《こくねんしゃ》育英会（鶴岡の風間家が創設）の奨学金をいただけることになった。こうした奨学金は返さなければいけないお金であったが、非常に助かった。これらの奨学金は主に本代につぎ込んだので、書籍だけは教授方もなかなか買えないものも手に入れることができるほど「贅沢《ぜいたく》」な身分となった。

本多静六先生の教えで経済を知った

こうして私は無事に大学を卒業することができ、大学院に進むことになった。お金というものに関して「思想」を持つようになったのは、その大学院時代のことである。

私は教授の推薦で、白百合学園の中学校の非常勤講師になった。当時の大学院は夜に授業をしていたから、昼は中学校で非常勤講師をやりながら、夜に大学院に通っていた。

すると、学生時代に同じ寮にいた経済学部の同級生で、外資系に行った人間から、「昇ちゃんも女の子相手か」といわれたのであった。事実、女子中学生を教えていたのだが、その言葉がグサッときた。もちろん、相手に悪気があるわけではなかったが、「まともな世の中を知らない」といわれているような気がしたのである。確かに、女学生を相手にしているあいだは実際の大人の世界や経済のことについて無知なままだ、と思った。

「よし、世の中のことを勉強しよう」。そう思って読んだのが、当時ベストセラーになっていた本多静六先生の『私の財産告白』（実業之日本社）であった。この本が私の一生を通じての経済観念のもとになったのだから、つくづく何が幸いするかわからない。

本多静六先生のことは、私はこれまで幾度も紹介してきた。東京大学で森林学を教えつつ、収入の四分の一を必ず貯蓄に回すことから始めて、ついには巨富を築いた方である。

本多先生は慶応二年（一八六六）、現在の埼玉県久喜《くき》市に生まれたが、九歳のときに父親が急死。多額の借金を抱えて、貧しい生活を余儀なくされる。しかし貧窮の中でも勉学に勤め、十四歳のときには家を離れて、岩槻藩の塾長であった嶋村泰が東京に開いた塾に書生として住み込んで勉強を続けた。しかし、農繁期には帰省して農業や米搗《こめつ》きに励んでいる。

明治十七年（一八八四）に東京山林学校（後の東京大学農学部）に入学するが、入学時の成績は五十人中五十番で、第一学期の試験に落第してしまう。悲観のあまり古井戸に身を投げるが死にきれず、一念発起して勉学に励み、卒業時には首席となって銀時計をもらい、ドイツに留学して林学博士になった。

帰国後は東京帝国大学農学部教授として教鞭を執るかたわら、国立公園事業に尽力した。日比谷公園、明治神宮、大沼公園（北海道）、羊山公園（埼玉）、大濠《おおほり》公園（福岡）などの多くの公園の設計・改修を行なっている。さらに著書も、三百七十冊に上る。

その本多先生が、八十六歳で亡くなられるほぼ一年前に書かれた本が『私の財産告白』である。

本多先生の蓄財の根本は、収入の四分の一は有無をいわさずに貯蓄し、残り四分の三で生活するという方法であった。もちろん容易《たやす》いことではないし、最初は大変である。しかし、本多先生は断固やり抜いた。

もう一つ、本多先生が心がけたのが「一日一ページ分（三十二字詰十四行）以上の文章、それも著述原稿として印刷価値のあるものを毎日必ず書き続ける」ということであった。勤労生活者が金をつくるには、単なる節約といった消極策ばかりではなく、本職の足しになり勉強になる事柄を選んでアルバイトすることが重要だと考えたのである。しかも四十半ばからは「一日三ページ」とペースが上がった。三百七十冊以上の著書を生み出しえたのは、この日々の積み重ねからであった。

大富豪からどん底に落ちてもめげず

さらに本多先生は、この貯金とアルバイトの集積を「雪達磨《ゆきだるま》の芯」とした。

〈とにかく、金というものは雪達磨のようなもので、初めはホンの小さな玉でも、その中心になる玉ができると、あとは面白いように大きくなってくる。少なくとも、四分の一天引き貯金で始めた私の場合はそうであった。これはおそらくだれがやっても同じことであろう〉（『私の財産告白』）

本多先生は、「金がある処にはまたいろいろいい智慧も出てきて、いよいよ面白い投資口も考えられてくる。こうなるともう、すべては独りでに動き出し、やたらに金が殖えてきて、殖えてきて、われながら驚くものである」（『私の財産告白』）とも書いている。

本多先生の方法は、株が買値の二割増しになったら、どれほど値上がりが見込めても直ちに売り、儲《もう》け分は定期預金に入れるというようなやり方であった（「二割利食い」）。また、いったん引き取った株が、長い年月のあいだに二倍以上に騰貴《とうき》したら、手持ちの半分を売れば残りはいわば「タダの株」ということになるから絶対に損はしないという「十割益半分手放し」も実践した。

さらに山林投資も積極的に行なった。当時、鉄道からも遠く道路もほとんど皆無だった秩父の山奥の山林をどんどんと買っていったのである。そこへ日露戦争後の好景気時代がやってきた。木材も大いに値上がりし、鉄道などもできて搬出の便宜も整えられたので木材の一部を売り出したら、なんと買値の七十倍になったという。

かくして、二十五歳で蓄財を開始して、四十歳のときには給与よりも貯金の利子や株の配当のほうが多くなっていた。定年が間近になったころには、所有する田畑山林一万町歩、住居別荘六カ所、数百万の貯金、株式、家屋などを持つまでになったのである。当時は、家一軒が千円から二千円で建てられた時代である。淀橋税務署管内（現在の新宿区あたり）で納税額第一位になったというのもうなずける。

本多先生はこの財について、こう述べる。

〈しかもこれには、少しのムリもなかった。自ら顧みて、ヤマしいところなぞはもちろんない。否かえって、経済的な自立が強固になるにつれて、勤務のほうにもますます励みがつき、学問と教育の職業を道楽化して、いよいよ面白く、人一倍に働いたものである。つまり、この身分不相応な財産のすべては、職業精励の結果、自然に溜まり溜まってきた仕事の粕だったのである〉(『私の財産告白』)

財産を「仕事の粕」と喝破《かっぱ》するのも痛快だが、さらに本多先生が見事であったのは、その使い方であった。定年退職後には、夫婦二人で老後を暮らせるだけの財産以外の、蓄えた富の多くを国立公園運動など公共のために寄附したのである。山林の大部分も、その収益を育英基金に充てるべく埼玉県に寄附している。老後のための資として手元に置いたのは、当時、絶対に潰《つぶ》れるはずのなかった正金《しょうきん》銀行や南満州鉄道の株であった。

ところが本多先生が八十歳のとき、それらの株は大東亜戦争の敗戦で、ただの紙切れになってしまったのである。普通の人なら悶死《もんし》しかねないが、そこで「一国民として、国家が潰れることなど予見しようもない。ジタバタしても仕方がない」ときっぱり悟るのが本多先生の偉さである。くじけることなく、再び原稿料や講演料などの収入を貯蓄に回しつつ慎ましやかな生活を送って、最晩年にまた寄附ができるほどの財をなしたのであった。

「天引き貯金法」という偉大な伝統

『私の財産告白』を書かれた意図を、本多先生は序文にこう書いておられる。

〈いまここに長い過去をかえりみて、世の中には、あまりにも多く虚偽と欺瞞と御体裁が充ち満ちているのに驚かされる。私とてもまたその世界に生きてきた偽善生活者の一人で、いまさらながら慚愧《ざんき》の感が深い。しかし、人間も八十五年の甲羅を経たとなると、そうそういつわりの世の中に同調ばかりもしていられない。偽善ないし偽悪の面をかなぐりすて、真実を語り、「本当のハナシ」を話さなければならない。これが世のため、人のためでもあり、またわれわれ老人相応の役目でもあると考える。(中略)

実をいうと、いかによいことでも、それが自分の実践を基にして、しかも相当の成果を挙げたことを語る場合、なんだか自慢話になってやりにくいものである。ことに財産や金儲けの話になると、在来の社会通念において、いかにも心事が陋劣《ろうれつ》であるかのように思われやすいので、本人の口から正直なことがなかなか語りにくいものである。金の世の中に生きて、金に一生苦労をしつづける者が多い世の中に、金についての真実を語るものが少ないゆえんもまた実はここにある。
それなのに、やはり、財産や金銭についての真実は、世渡りの真実を語るに必要欠くべからざるもので、最も大切なこの点をぼんやりさせておいて、いわゆる処世の要訣《ようけつ》を説こうとするなぞは、およそ矛盾もはなはだしい〉（『私の財産告白』）

確かに、お金というと正当な蓄財であっても、どうしても後ろめたい気分になりがちだし、人にあれこれいわれるのも嫌だからコソコソしがちである。その中で、あえて堂々とお金のことを語ってみせた本多先生の生き方そのものが、多くの指針をわれわれに与えてくれる。

本多先生はこんなこともいっている。

〈必要な金は持つがよろしい。欲しい金は作るがよろしい。――その答えは、しごく簡単である。ただ問題は、その方法よろしきを得るということである。あくまでも自力によって、筋の通った正しいもののみをうけいれ、これを積み立てることである〉
〈それ（「致富の本街道」）は断じて「投機」ではない。「思惑」ではいかん。あくまでも堅実な「投資」でなければならぬのだ。（中略）何事にも「時節を待つ」ということだ。焦らず、怠らず、時の来るを待つということだ。投資成功にはとくにこのことが必要である〉

〈私は、「好景気、楽観時代は思い切った勤倹貯蓄」（すなわち金を重しとする）、「不景気、悲観時代には思い切った投資」（すなわち物を重しとする）という鉄則を樹てて直進することを人にもすすめている〉

〈金を馬鹿にする者は、金に馬鹿にされる。これが、世の中のいつわらぬ実情である。財産を無視するものは、財産権を認める社会に無視される。これが、世の中のいつわらぬ現実である〉（以上、『私の財産告白』）

実に実際的で真実味あふれる処世訓である。

本多先生の教えのベースは二宮尊徳であった。二宮尊徳は江戸時代後期に小田原藩をはじめ多くの農村を立て直した改革者だが、その思想の根本の一つが「分限論」である。天下には天下の分限があり、一国には一国の、一家には一家の分限がある。この分限を定めてそれに応じた暮らしをするようにする。そうしないと、たとえ世界中を領有したところで不足が出てしまう。贅沢にはかぎりがないからである。逆に、分度を慎んで余財を生ぜしめ、その余財を生きた金として使う道を選べば、余財は日々生じて、国も一家も富むことができる。尊徳はそう考えたのであった。

尊徳は分限の半分を暮らしに充て、半分は推譲《すいじょう》に充てよと説く。推譲とは、余剰を家族や子孫のために蓄えたり、社会のために譲ったりすることを意味する。現代的な言葉にすれば、まさに貯蓄であり、投資であり、寄附であろう。幸田露伴流にいえば、「惜福」「分福」「植福」そのものである。

一代で安田財閥を興し、東大安田講堂や日比谷公会堂はじめ多くの寄附もした安田善次郎も、尊徳を信奉していた一人であった。ただし、尊徳のいうように半分を推譲に回すのでは長続きしないから、十分の二を推譲に回そうと考えたという。

本多先生にせよ安田善次郎にせよ、その教えは単純にいってしまえば、「『天引き貯金』をして投資せよ」というものである。これこそ、二宮尊徳以来の日本式蓄財術の偉大な伝統だと考えれば、気分もいい。

私も本多静六先生の教えを今日までずっと守ってきた。どんなに収入が少なくても、必ず少し残して貯蓄する。貯蓄できる額は大したことはなかったが、昔は利息が高かったから複利で増えていった。それを続けていると、お金に対して何となく利口になる。利口になるといっても、実業家ではないから大金持ちになるわけではないが、お金に困るようなことはなくなる。私が求めえた土地家屋も、貯金も、すべて本多先生のおかげであるといってもいい。実にありがたいことであった。

同時に、本多先生のことを念頭に置いておけば、不必要に吝嗇《りんしょく》になる必要もなくなる。なにしろ、あれだけ蓄財したものを気前よく寄附してしまった本多先生の故事を知っていれば、比べものにならぬほどわずかな財に固執する馬鹿らしさ、みっともなさがすぐにわかる。さらに本多先生が、敗戦後に財産をなくしても、くよくよせずに蓄財をしていったことを思い出せば、自ずと勇気も湧いてくる。

わが父の「金は天下の回りもの」

そういえば私の父も、財に固執しない気前のよい性分であった。

私の父は大阪の漫才が好きで、家には漫才のレコードもあった。その中に「金がないとてしおれるな。金は天下の回りもの。どうせ墓場へは持っては行けぬ。だったら陽気に使おうじゃないか。のんびり、のんびり、笑って暮らせ」というような内容の歌もあった。私は子供のころからいい歌だなと思って聴いていたものである。このレコードを愛聴していたからということでもあるまいが、父はほとんどこの歌に近いことを実践していたようであった。

私が住んでいた町は、鶴岡の中でも田舎から出てきた人が住んでいる一角で、貧乏人と呼ばれるような人はそれほどいなかったけれども、そう裕福な町でもなかった。豊かな家がポツポツあったというくらいである。だから、どちらかというとケチな人も多かった。

ところが、私の父は違っていた。それこそ金は天下の回りものだと考えていたのか、子供には惜しげもなく本や雑誌を買ってくれたのである。

わが家では大日本雄辯會《ゆうべんかい》講談社（現・講談社）が発行していた『幼年倶楽部』や『少年倶楽部』、さらに『少女倶楽部』を購読していた。『少女倶楽部』まで取っていたのは、町内ではわが家くらいではなかったろうか。また、近所の和泉屋書店という店に私を連れていって、「この子が欲しいといった本は、何でも帳面をつけて渡してやってくれ」とまでいってくれた。当時、子供に気前よく本を買ってくれる家は、町内にそうそうあるものではなかったのに（もっとも、あとで母親が支払いに苦労することは子供心にわかっていたから、この特権をやたらに使ったことはなかったが）。

ともあれ、おかげで私は子供のころから、『幼年倶楽部』に始まって、様々な雑誌や本を愛読、熟読することができた。『幼年倶楽部』は字が読めるようになったぐらいの子供向けの雑誌だが、吉本三平の「コグマノコロスケ」という読み物も別刷りでついており、毎月、次の号が読みたくてたまらなかった。『少年倶楽部』は、小学校高学年向けの雑誌だが、佐藤紅緑、吉川英治、大佛次郎《おさらぎ》などという有名作家を執筆陣に揃え、たくさんの色刷りの口絵や美しい挿絵に彩られた充実した内容であった。さらに、有名な学者、軍人、政治家らが執筆する「おもしろくてためになる」話も載っている。子供が好きな忠義な人、孝行な人の話、感激する話があふれんばかりの雑誌だから、大いに夢中になって読んだ。

このことは私に大きな福をもたらした。

私が通っていた小学校は、旧藩校だったから、旧藩士の子供たちも多数通っていた。そのような子供たちは礼儀正しく、字も上手である。私が低学年のころは、成績でもとてもかなわなかった。ところが旧制中学に合格した旧藩士の子供はほとんどいなかった。

当時は奇妙に思ったが、あとになって腑《ふ》に落ちたのは、彼らは『幼年倶楽部』や『少年倶楽部』などといった「雑書」は買ってもらえなかったのではないか、ということであった。盛んに雑誌や小説などの貸し借りをする仲間にも、旧藩士の家の子供はいなかった。一方の私は毎月、そういう柔らかい雑誌を熟読しているから、おもしろくてためになる内容をたくさん読むことができ、幅広い知識がどんどん身についてくる。しかも、有名作家が書いたものを愛読しているから文章もうまくなる。確かに、同じ小学校から旧制中学に進んだ者の多くが『幼年倶楽部』や『少年倶楽部』を読んで育った子供たちだった。

ずっと後年になって、岡崎久彦氏や佐々淳行氏などといった方々と対談した折にも、少年時代のことを語って違和感がなかった。つまり、子供のころに読んだ本が同じなのである。岡崎氏は、祖父が農林大臣まで務めたような一族のご出身。佐々氏も、祖父は衆議院議員、父も九州大学の教授から朝日新聞論説主幹、参議院議員を務めた家である。田舎のさして豊かでもない家で育った私が、当時の日本のトップレベルの家庭で育った人々と子供のころに読んだ本について話して、引けを取るところがなかったというのは、実に驚くべきことだといってよい。

これもひとえに、父がたくさん本を買ってくれたおかげである。

父は倉治という名前だった。父の姪（私のいとこ）は、「おじいちゃんは倉治なのに、全然、倉を治めなかったね」などと冗談をいっていたが、それでも私はこれ以上ないほどの恩恵を受けたような気がしている。やはり子供の教育には、お金を惜しまぬにかぎるのである。

なぜ相続税を廃止せねばいけないか

私自身は大した財産を持っていないから、相続税が問題になることはないが、とにもかくにも、相続税はぜひ廃止しなければいけないと思う。

前述したように、私は学生時代に酒田の本間家と鶴岡の風間家から奨学金をいただいていた。当時のことであるから、両家ともお金に余裕があったわけではないと思うが、名門のプライドで奨学金を出し続けて下さった。

やはり何代も続いた金持ちの家は違う。地方の名士といわれるような家のほとんどは、悪いことをしてお金持ちであり続けたわけではない。むしろ逆で、絶えず地域のこと、周りのことを考える「積善の家」であることが、圧倒的に多かった。

『易経』の中に、「積善の家に必ず余慶《よけい》有り」「積不善の家に必ず余殃《よおう》有り」という言葉がある。代々善いことをやってきた家には、予想外のいいことがある、代々悪いことをやってきた家には予想外の悪いことが起こる、という意味だ。歳をとると、確かにそのとおりだとわかってくる。資産家を見ていても、没落していくのは、だいたい積不善の人だし、何代も続くのは積善の家である。

たとえば酒田の本間家は、「海岸に土砂が溜まって困る」という地域の声に応えて、独力で植林事業を行なっている。鶴岡の風間家も、町の人が誰も買いたがらなかった多額の戦時国債を黙って引き受けている。両家とも、地域や国のために尽くす「高貴なる使命《ノブレス・オブリージュ》」をしっかりと保持していたのである。

そもそも、江戸時代から戦前まで、日本の地方文化を支えていたのは、地方の名家であった。松尾芭蕉が全国を旅したときに泊まったのは宿屋ではない。地方に大金持ちの支援者たちがたくさんいて、一カ月でも二カ月でも泊めてくれたのである。葛飾北斎は八十歳を超えてから長野県の小布施《おぶせ》に通い、多くの作品を残しているが、それは北斎の門人であった高井鴻山《こうざん》の実家が小布施の豪農商で、その支援があればこそであった。各地の祭礼などを支えてきたのも、各々の土地の富裕層である。

ところが大東亜戦争後、日本を占領したGHQ（連合国軍総司令部）の財閥解体や農地改革、そして戦後の高い相続税によって、そのような地方の名家はどんどん零落してしまった。「積善の家」すら、徹底的に痛めつけられたのである。

さらに相続税は地方のお金持ちを潰しただけでなく、地方文化まで殺してしまった。

文化にも「生き死に」がある。季節に合わせて床の間に名のある絵師の描いた掛け軸を飾ったり、茶器の名物で茶会を開いたりするのは、生きた文化である。しかし、相続税対策で博物館に収めてしまい、ガラス越しにしか見られなくなったものは、とても生きているとはいえない。美しくはあるが、死んだ文化になってしまう。

文化を育《はぐく》む力も含め、富の力は国力そのものである。戦後、GHQが財閥解体や農地改革を行なったのは、日本を二度と立ち上がれなくするためであった。そしてそのGHQの権威を笠に着て、一方で日本弱体化の政策を推し進め、一方で自分たちの権益を拡大していったのが、社会主義的な思想を持つ日本の学者や官僚たちであった。彼らが相続税制の改悪や民法改正なども行なったのである。その結果どうなったか。

最近では、ベンチャー企業を起こして成功した若手の経営者でも、せっかく稼いだお金を存分に使えないという。派手に使えば、すぐに目をつけられてしまうからというのだ。戦後改革で社会主義のような国に変えられてしまった日本は、すっかり画一的でしみったれた国になってしまったようである。かつて松下幸之助さんなど名経営者の数々が「旦那」になって様々な文化を支えていたのとは、天と地ほどの違いである。こんな体たらくで、いかなる文化が育つだろうか。

金持ちへの嫉妬が生んだ大きな悲劇

では逆に、アメリカは自国で財閥解体や農地改革を行なったか。

絶対に行なうはずがない。もしやろうとすれば、政治家は暗殺されるかもしれないし、経済が低迷して国力が弱くなってしまう。アメリカには財閥がたくさんあり、何代も受け継がれている。

かつてイギリスでは、エドワード一世がユダヤ人をイギリス中から追放した。しかし、お金持ちのユダヤ人たちを追放したことで、イギリスの経済は低迷し始めた。経済的に困窮したイギリスは、クロムウェルの時代にユダヤ人たちを再び呼び寄せている。

十九世紀になると、ユダヤ系のディズレーリが首相になり、世界中のユダヤ人の情報網を使ってイギリスの力を高めていった。スエズ運河をエジプトが手放すという噂も、その情報網から入ってきた。ディズレーリはすぐに動いて、スエズ運河を手に入れた。そのときは、国会が閉会中で、国会に諮《はか》っている時間がなかった。ディズレーリはロスチャイルドを呼んで相談してお金を借りてスエズ運河を買ってしまった。

スエズ運河を手に入れると、南アジア、東アジアに俄然《がぜん》出て行きやすくなる。インド、ビルマ（ミャンマー）、マレー（マレーシア）、シンガポール、香港などにまたがる大英帝国の支配にも、ユダヤ人の情報網は大いに役立った。イギリスの数々の戦争を支えたのも、ユダヤ人の情報網と資金であった。

要は、金持ちに嫉妬《しっと》して迫害するか、金持ちを大切にするかの違いである。二十世紀は、金持ちを憎み排撃する政治勢力が大きな悲劇を現出させた時代であった。国民を何百万人、何千万人単位で「粛清」したソ連や中国などの共産主義はその典型だし、ユダヤ人を「排斥」したナチズムもある意味では同類であろう。

あのような悲劇は二度と繰り返してはいけないと、歴史を学ぶ者は誰しも思うはずである。だがしかし、それでもなお油断をしていると、手を変え品を変え、しつこく頭をもたげてくるのが、金持ちへの妬みや嫉みなのである。これもある種の「悪魔のささやき」であるといえよう。

ハイエクの教えに学ぶ

共産主義やナチズムによる「悪魔のささやき」を退け、理論的に完膚なきまでに否定したのがフリードリヒ・ハイエクであった。

ハイエクは「私有財産制は、財産を所有する者だけでなく、それを所有しない者にとってもそれに劣らず、最も重要な自由の保障である」と喝破している。金持ちへの嫉妬を煽り、自由市場に干渉する政府を許したら、結局、「人間の自由」が根こそぎ失われてしまう。国家が経済を統制すれば、それは必ず思想の統制に及び、国民の自由の全き喪失につながると、ハイエクは明快に示したのであった。

ハイエクの議論の正しさは、何もソ連の歴史的失敗を持ち出さなくとも、戦後の西ドイツとイギリスの比較をするだけで十分にわかる。戦後、敗戦国となった西ドイツでは、アデナウアーがハイエクと同じグループに属するエアハルトを経済相に任命し、思い切った統制撤廃を行なって自由経済体制を力強く推進した。一方、戦勝国となったイギリスでは労働党政権が成立し、産業国有化などの統制経済の道を選んだ。

その結果どうなったか。私は昭和三十年（一九五五）にドイツに留学し、その直後、昭和三十三年（一九五八）にイギリスに留学したから、その劇的な違いを肌で知っている。ドイツは豊かであったが、イギリスはとても戦勝国とは思えないほどに窮乏していたのであった。そのイギリスを救ったのが、サッチャーの自由主義である。サッチャーは、ハイエクの信奉者であった。

ハイエクは、発展を支える原理は「自由主義」だと断言する。彼のいう自由主義とは、「社会が持っている自生的な力を生かし、強制は最小限にかぎる」という原則に基づくものである。自然発生的で統制されない個々人の様々な努力によって、経済活動の複雑な秩序がつくりだされていく。だからこそ、競争が効率よく働くシステムを慎重につくっていくことが重要となる、とハイエクは考えた。

これは「市場原理主義」ともいうべき単純な放任思想とは趣《おもむき》を異にする発想である。たとえば、独占状態になったら「有効な競争」が阻害されてしまうので、そういう場合には独占禁止法など、注意深く考え抜かれた法的な枠組みが必要となる。だがしかし、そこで社会主義的な統制経済の道を選んでしまったら、自由そのものが失われ、発展も損なわれてしまう。それがハイエクの確信であった。「真の自由主義者は園芸師が植物に向かうときの態度に似ていて、邪魔はしないけれども無理に早く伸ばそうと引っ張ったりしない」という彼の言葉は、そのことをよく示している。

ハイエクは、「人間としての個人」を至高のものとし、人間がそれぞれ与えられた天性や性向を発展させることが望ましいという信念を胸に抱いていた。お互いが個人として尊重されるためには、違った考え方や生き方にたいして「寛容（トレランス）」でなくてはいけない。そして、この寛容の基礎となるものこそ、私有財産なのである。
「個人のための自由を確保する政策だけが進歩的な唯一の政策である」と、ハイエクは自らの思想のエッセンスをまとめた名著『隷従への道』の末尾に記している。さらに、この本の最終版に、「社会福祉政策といわれているものも、結局は国家権力による経済への干渉であるから、産業国有化が失敗したほど急速に破綻《はたん》はしないかもしれないにせよ、結局は破綻するであろう。今日において社会主義は、課税によって広範囲に所得の再分配を行なうことを意味する」という趣旨の文章を寄せている。これらの指摘を、われわれは十分に玩味すべきであろう。

私は若いころ、幸運なことにハイエクの通訳を務める機会を得たが、ハイエクが相続税は必要ないと話していたことを印象深く覚えている。所得税を一律で十％にするか、高くても十五％に留める。それでやっていけない政府はない、という話であった。

そもそも相続税というのは、税金の二重取りである。働いてお金を稼いで、所得税を払った残りが財産になっている。その財産に課税する相続税は、すでに税金を払った残りにさらに課税しようというのだから、まったく無理無体な話である。

ハイエクのいうとおり、「相続税は廃止。一割の税金を納めればあとは自由に使っていい」

という国になったことを想像してみるといい。どれほど世の中がパーッと明るくなることか。税金は一割で済むのだから、ちょっとした支出にも領収書を求めるような面倒なことをしなくても済む。税務署だって楽になるだろうから行政効率の向上につながるし、お金持ちもどんどんお金を使ってくれるようになるに違いない。

高橋是清の痛快なる経済論

ハイエクの経済思想と必ずしもすべて一致するわけではないが、日本の歴史上で、自由主義を重んじる経済政策の機微に最も通じていた人物は、高橋是清であろう。

その風貌から「ダルマさん」とも呼ばれた彼は、こんな痛快なことを書いている。

〈仮にある人が待合へ行って、芸者を招んだり、贅沢な料理を食べたりして二千円を費消したとする。これは風紀道徳の上からいえば、そうした使い方をして貰いたくはないけれども、仮に使ったとして、この使われた金はどういう風に散らばって行くかというのに、料理代となった部分は料理人等の給料の一部分となり、また料理に使われた魚類、肉類、野菜類、調味品等の代価およびそれらの運搬費並びに商人の稼ぎ料として支払われる。この分は、即ちそれだけ、農業者、漁業者その他の生産業者の懐を潤すものである。（中略）それから芸者代として支払われた金は、その一部は芸者の手に渡って、食料、納税、衣服、化粧品、その他の代償として支出せられる。即ち今この人が待合へ行くことを止めて、二千円を節約したとすれば、この人個人にとりては二千円の貯蓄が出来、銀行の預金が増えるであろうが、その金の効果は二千円を出でない。しかるに、この人が待合で使ったとすれば、その金は転々して、農、工、商、漁業者等の手に移り、それがまた諸般産業の上に、二十倍にも、三十倍にもなって働く〉（高橋是清『随想録』中央公論新社。ただし、旧字、かな遣いなど表記は変えています）

この発言が高橋是清から発せられたのは、彼が波乱の人生を送ったことによる。

彼の人生は、船出からして荒れ模様である。十四歳で仙台藩からの派遣でアメリカに留学するが、留学を仲介した米商人に騙《だま》されて奴隷（年季奉公）に売られてしまうのである。

憤慨した是清は、アメリカ人の主人に食ってかかった。そのときのことを、自伝でこう書いている。

〈主人は「生意気ナッ」といっていきなり私の頰を殴った。私は殴られたひょうしに思わず屁《へ》が出た。少しきまりが悪かったので、怒りながらニッコリすると、側にいた妻君が、「貴方、そんなに手荒なことをなすっちゃいけません」と、留めてくれた〉（高橋是清『高橋是清自伝』中央公論新社）

奴隷に売られるという暗い話も、是清が語ると妙に明るさを帯びるから不思議である。これが腕一本で生き抜いてきた、誇り高き明治の男の明るさというものであろう。

ともあれ、是清はさんざん苦労して帰国したあと、大学南校（東京大学の前身の一つ）に学ぶことになるが、さすがに他の学生とは隔絶した英語力だったので、十六歳の若さで教官手伝いをすることになった。ところが茶屋遊びの放蕩《ほうとう》にはまって教官を辞めてしまう。そして、馴染《なじ》みになった日本橋の人気芸妓の家に居候をし、芸妓の送り迎えをする箱屋の手伝いをすることになるのである。

先に引用した文章は、まさにこのときの経験が生きたものであろう。箱屋として芸妓と共に暮らしていれば、お大尽が遊びに使ったお金で芸妓衆から下足番までどれほど多くの人の生活が潤うか、実感としてよくわかったはずである。芸妓たちは自分の世話をしてくれる人には必ずチップを包むし、着物や装飾品などもよいものを買わねばならないから、お金はどんどん回っていく。茶屋遊びで少し贅沢をする人がいると、花柳界の周りで生きている人々がみな、明るくなるのである。是清もこの世界に身を置き、どうすれば庶民が豊かになるかを肌で感じたに違いない。

その後、是清は、「お前も、もう意見される年合でもなかろうから、よく考えて一生を過《あやま》たぬようにしなさい。常にいっている通り、この祖母が朝夕神仏に祈っていることは、お前の出世することばかりです」という祖母の言葉に発奮して箱屋生活から足を洗う。そして様々な英語学校で教えたり、官途に就いたり、ペルーの銀鉱山経営で騙されて無一文になったり、紆余《うよ》曲折《きょくせつ》を経た挙げ句、日本銀行の建築事務主任となる。さらにそこから持ち前の手腕で出世街道を上り詰め、日銀副総裁として日露戦争の戦費調達で大活躍。ついには日銀総裁や大蔵大臣、総理大臣を歴任して、日本を襲った昭和金融危機や世界大恐慌を見事にねじ伏せたのであった。

世情、人情に通じた是清は、さすがに景気についてよく理解していた。景気の「気」は「気分の気」といわれる。お座敷にまで金が回るほどに社会の「気分」が高まれば、自ずと景気もよくなってゆく。そういうことを十分に体得していた是清の手腕があればこそ、戦前の日本は幾度も不況から脱出することができたのである。
　その是清は、こんな言葉も残している。

〈我が国の家族制度の基礎を危うくするものはかの相続税である、家族制度の下に養われて来た我が国民は、又自分の土地を非常に大切にするという気風がある、祖先伝来の土地と言えば、容易に手放すような事はしない。従って我が国には外国のように大地主がない代りに、小さい地主は到る所に沢山居る。それがこの相続税によって沢山の税金を土地に課せられるという事になれば、いかにしても土地を手放すようになる。土地に対する愛着の念が薄らいで来る。従って先祖を尊ぶという美風も殺《そ》がれて来る。自分さえよければ人はどうでもいいという考えが起って来る〉（高橋是清『立身の経路』日本図書センター）

　今より遥かに相続税の税率が低かった戦前においてさえ、こう指摘するのである。物事の本質をまっすぐに摑み取る是清の一面が、よく表われた文章である。
　思えば、庶民が働いて残した財産を取り上げるなどということは、封建時代の殿様でもやらなかったことである。われわれも、二重課税で庶民の財産を没収する相続税を即刻廃止せよと、声を大にして訴えるべきであろう。

同時に、現在、千七百兆円といわれる個人金融資産のうちの約六割を、六十歳代以上が保有しているといわれていることにも、目を向けねばならない。これを死蔵するのも、是清に学ぶまでもなく罪深いことだからである。

金は天下の回りものである。高齢者の生活には、もはやそれほどお金はかからないのだから、浮いたお金を若い人の教育や、社会のためにどんどん使うといい。「分福」「植福」という至福の種を、あちこちに蒔いていくのである。

そうすれば、高齢者の気分はよくなるし、若い人のためにもなるはずである。

第四章 健康のために大切なこと

自分を呪っては絶対にいけない

最初に健康というものについて結論めいたことを書いてしまうと、本当に大切なことは二つあるように思う。

一つは、身体の病気についても、やはり「心」や「精神」がとても重要なる役割を果たすということ。

もう一つは、自分で健康法を試すならば、「その健康法を実践している人が長生きしているものを選ぶにかぎる」ということである。

病気をしたときに、いかに心の持ちようが重要かを痛感させられたのは、私が七十七歳前後のときに足の骨を折ってしまったときのことであった。家で階段から落ちてしまったのだが、足の骨を折ってしまったために、ギプスで固定し、松葉杖で歩かなければいけなくなった。これは不便きわまりない。棚の本を取るにも、トイレに行くにも、何をするにつけても大いに苦労をした。当然、生活にも随分支障が出るので、ついつい「チクショウ」と思ってイライラしていた。

すると、そんな心持ちでいたから、免疫も落ちてしまったのだろう。帯状疱疹《たいじょうほうしん》になってしまったのである。

帯状疱疹は、子供のころに罹《かか》った水疱瘡のウィルスが、老齢やストレスなどが原因で免疫力が落ちると再び暴れだし、発疹と鋭い痛みを伴う病気である。首より下に帯状疱疹が出るのは痛さを我慢すれば済むが、首より上に帯状疱疹が出ると危険な状態になることもあるようだ。私の場合は頭に帯状疱疹が出て、顔がひん曲がってしまった。

私の曲がった顔を見たある出版社の社長が、「普通の病院ではダメです」といって、治療できる病院にわざわざ車で連れていってくれた。その病院で西洋的な治療法と鍼《はり》治療を併用する治療を受けて、ようやく顔はもとに戻ったのだが、かすかに歪みは残った。その歪みも石原結實先生の奥さま（美容が専門だとうかがった）が温めて揉むという方法で、きれいに治して下さった。

足の骨折自体は、幸いにして折れた場所が真ん中付近だったのでよくくっついた。帯状疱疹そのものも完全に回復した。ただ、神経のバランスが悪くなったのか、それ以降、身体のバランスを崩すことが多くなった。それまで私は三点倒立はいつでもできたが、帯状疱疹になって以降はできなくなってしまった。階段から落ちたことがきっかけで、帯状疱疹になり、そこから健康状態をかなり落としてしまったのである。

いちばん反省したのは、足の骨を折って「チクショウ」と思って、「何でこんなことになってしまったのか」と自分で自分を呪ってしまったことである。私が帯状疱疹になってしまったのは、そういう精神状態と大いに関係があったに違いない。

思い起こすのは、古代ギリシアのストア派の哲学者、エピクテトスの言葉である。

「あなたを虐待するものは、あなたを罵《ののし》ったり、殴ったりする人ではなくて、そういうことをされるのが屈辱だと考える、そのあなたの考えなのだ」

やはり自分を呪ったり、自分自身で屈辱に思うことが、いちばん自分自身を傷つけるのであろう。もっと素直に受け止めて、「神様が命じたのだ」「たまにはこういうこともある。仕方がない」くらいに考えておけば、帯状疱疹になることはなかったのではないか。

七十歳以降のケガは健康状態を一気に崩すことがあるので、気をつけなければならないといわれるが、それはこのような心のあり方に大いに関係しているように思えてならない。

若い健康な人なら、「どうせ治るに決まっている」と心のどこかで思っているから、精神がそこまで追い込まれることはない。しかし、歳を重ねてからの病気やケガでは、どうしても「これは危ないかもしれない」「もう元の身体には戻れないかもしれない」と思う心が芽生えてしまう。

すると、不安と焦りが知らず知らずのうちに心に押し寄せてくる。その強迫観念が必要以上に、自分の身体を痛めつけてしまうのではなかろうか。

「自分を呪うようなことは、絶対にしてはいけない」。そのことは強く心に留めておくべきであろう。

不治の病なら無理に治さないという選択肢も

その伝でいけば、歳をとってから大病になったときには、治る病気か治らない病気かを、医者の判断を仰いだうえで、自分自身でしっかりと分けて考えるべきである。治る病気であれば、もちろん高額の医療費をかけて手術をしてもいい。しかし、治らない病気の場合は、苦しまない治療を第一に考えていくより仕方がないと思う。

私がそう思うのは、歳をとってから手術をして亡くなった知り合いが、二人ばかりいるからである。一人は、肺がんの形跡があると診断された。今はおさまっているけれども切除したほうがいいと勧められて手術を受けた。ところが、そのまま病院から出ないで亡くなった。もう一人も肺がんと診断された。その人は息子が医者だったので手術を勧められたが、手術後に亡くなってしまった。

がんなどの病気にしても、若い人と老人とでは進行のスピードがまったく違う。老人の場合は、がんの切除手術や抗がん剤治療などをするよりも、しないほうが長く生きられる可能性もあるという。そもそも、老人は自分の身体が「矩をこえようと思っても、もうこえられない」状態なのだから、病気もある程度「矩をこえず」になるのかもしれない。

もちろん、病気の状態や進行具合は人によって違うから、医療というものは非常に難しい。だが、治る可能性が低い病気であれば、無理に手術をして身体に耐えられないほどの負荷をかけるよりも、痛みを止める治療のみにしたほうがいい場合もあるのではないか。

どうせ、いつまでも生きられるわけではない。無理に手術をしたら、かえって寿命を縮めるリスクがあるかもしれない。また、手術をして病状が急変すれば、肉体的な苦痛も伴うだろうし、死までの時間を自分でコントロールすることもできなくなる。

そう考えるならば、何でもかんでも手術をするのではなしに、運命に身を任せる「賭け」をしてみてもいい。それが本人のためにも、周囲の人のためにもなる可能性は大いにある。少なくとも、無駄な医療費を使わない分、国家のためになることは間違いない。

いずれにしても、歳をとったら、いったん大病に罹ってしまうと回復が難しい場合もあるから、なるべく大病をしないように健康づくりをしたいものである。

そこで心したいのが、八十歳を超えると、若いお医者さんがいう健康法よりも、長生きをした人が説くやり方が、いちばん自分に合ってくるということなのである。私は今までいろいろな健康法を試してきたが、この歳になってみると、結局、長生きしている高齢者がやっていることが、いちばん参考になったとつくづく思う。

「虚弱体質」とされていた子供のころ

私がいろいろな健康法を実践してきたのは、私自身が幼少期から「自分は身体が弱い」と思ってきたからであった。

私の小学校には一クラスだけ養護クラスがあり、勉強が遅れている遅進児、貧しくて弁当を持っていけない子供、栄養不良の子供が入っていた。私も「身体が弱い」とされ、そこに入ったのであった。昼食時になると、口を開けて、養護の先生から肝油を入れてもらったものである。だから、自分はずっと虚弱体質だと思っていた。

身体検査の折には、診断した医者から「この子は心臓が悪いから、体操をさせないほうがいい」とまでいわれてしまった。もっとも今にして思えば、これは検査のときに間違えられたのかもしれない。そのとき、私は外で遊んでいた。「早く来い」と呼ばれたので、慌てて走っていき、心臓がドキドキしていた。ところが医者は、私が走ってきたことなど知るよしもない。だから誤診だった可能性もあるのだが、ともかくその日以来、私は学校での体操が免除されることになった。

心臓が悪かったのかどうかはわからないが、私が偏食で、ものすごく瘦《や》せていたことは事実である。母が肉料理をまったくしない人だったから、子供のころは肉はまったく食べず、魚も嫌いであまり食べなかった。もっともその当時は、むしろ肉をそう頻繁に食べない子供のほうが普通だっただろう。

それでも小学校三年生くらいまでは風邪を引いた以外は、病気には罹らなかった。小学校四年、五年は普通のクラスに行き、旧制中学の試験を受けた。中学に入るには逆上がりや懸《けん》垂《すい》ができることも必要で、そんな練習もして中学に入った。

戦争中だったから、学校で軍事教練の時間もあった。銃剣をつけた三八式の銃を担いで練習をするのだが、瘦せっぽちだったために、銃をぶら下げるベルトの穴がちょうどいいところになくて、ぶらーんと垂れ下がって格好が悪かった。また、中学三年生からは勤労動員で肉体労働ばかりしていた。

それやこれやで随分と苦労をしたが、それでも、中学生のときには学校を休んだ記憶がない。自分自身は虚弱体質だと思っていたが、今にして思えば、結局のところ、もしかするとずっと健康だったのかもしれない。

私の身体にはチーズが合っていた

自分が子供のころ虚弱だったのは、ろくなものを食べていなかったのが大きな原因だった可能性もある。そう思うのは、二十三歳でドイツに留学をしたときに、なんと背が伸びて身体が大きくなったからである。

ドイツに留学してわかったことだが、同じ敗戦国でも、日本とドイツではドイツのほうが圧倒的に食糧事情がよかった。私が留学したのはウェストファリアという農業州で、バターやチーズが豊富にあった。

当時、東京でコッペパンを買うと、「バターにしますか、ジャムにしますか」と聞かれ、「バター」と答えると、バターと称するマーガリンをきわめて薄く「塗って」くれたものであった。しかし、ドイツではバターを「のせて」くれる感じであることに、まず驚かされた。しかも、分厚いチーズや生ハムものせてくれる。

どうも私の身体にはチーズが合っていたのではないかと思う。そのおかげなのか、ドイツでは勉強してもくたびれなくなった。今でも、身体がくたびれてきたときには意識的にチーズを食べるようにしている。そうすると元気が出てくる。

やはり自分の身体に適したものを食べるのが、いちばんいい。私の場合は、それがたまたま、チーズだったのであろう。

思い起こしてみると、子供のころに夏だけは親が牛乳を取ってくれていた。身体が弱かったから牛乳を飲んでいたのだが、牛乳の味が好きだったことを身体が覚えていたのではないかと思う。それがチーズとつながっている気がする。

そのチーズを、ドイツではたらふく食べることができた。また、小さいころには肉を食べなかったが、ドイツで肉を食べるようになり、肉が大好きになった。

おかげで、留学の際に持っていった服は、留学から帰国するときには小さくなっていた。二十歳を過ぎてから身体が大きくなるとは、食べ物の力というものは凄まじいものである。

ちなみに、このドイツでのチーズ体験があまりに鮮烈だったので、私は『知的生活の方法』に次のように書いたのであった。

〈カントはチーズを非常に愛好したという。特に英国製の白いチーズを好んだというが、正確な種類はわからない。それに黒パンである。たしかに黒パンとチーズ（私はエメンタールかカマンベアにしている）を少し食べることは、脳の疲労予防として卓効があるようである。カントは、元来、虚弱な体質だったのに、食事や習慣をよく考えて長寿を保ち、超人的な量の仕事を高齢にいたるまでやり続けたのであるから、彼の食事は頭を使う人なら参考に値いすると言えよう。小量の黒パンにたっぷり生チーズをのせて食べるのは、実際、人生の一つの知恵ではあるまいか、と思うこともある〉（『知的生活の方法』）

随分とチーズを持ち上げたが、もちろん何を食べると自分の体調がよくなるかは、やってみないとわからない面がある。子供のころに食べていたものによっても、体質は違ってくるだろう。長生きしている人に話を聞いたりしながら、自分に合った食べ物を見つけていくのがいいのではないかと思う。

睡眠・昼寝は健康のもと

子供のころから自分は虚弱体質だと思っていた私は、いつのまにか無理をせずに身体に気をつける習慣ができていた。それがむしろ健康のためによかったのであろう。

そのような習慣のうち、大きな効果があったと思うのは昼寝である。大学時代には、朝は四時四十五分に起きていたけれども、午後に一時間くらいは必ず昼寝をしていた。

この習慣はドイツに留学した折も続けた。ドイツの大学は授業が十二時ごろに終わって、三時ごろまで授業がなかった。その時間を利用して昼寝をすることができた。他の人たちも、みんな家にいったん帰ってから午後の授業に出てきていた。

昼寝の習慣はその後もずっと続けた。上智大学で勤務するようになってからも、研究室にソファを置いて、午後は三十分から一時間くらい昼寝をしていた。大学の講義を終えたあと、夜に座談会や研究会がある日は、時間単位で安く借りられるホテルなどに泊まって、二時間くらいは寝ることを心がけた。

私は、夜の睡眠時間も七時間から八時間を確保するようにしてきた。そうでないと、頭がボーっとするからである。結果的に、これはよいことだったと思う。

東京大学医学部付属病院で長く臨床に携わっておられた西原克成氏によると、人間は一日八時間くらい横になって背骨を重力から解放することによって免疫力が高まるのだという。また、私たちが眠気を覚えるのはメラトニンという脳内ホルモンの作用によるが、このメラトニンは抗酸化作用によって細胞の新陳代謝を促し、老化抑制にも効果を発揮するらしい。

免疫増強作用もあって、メラトニンの力で、がん細胞やウィルスを攻撃するナチュラルキラー細胞が活性化することも報告されている。

このメラトニンは、高齢になると分泌量が減ってしまう。しかし、規則正しい時間に暗いところで寝れば、より多く分泌される。とすれば睡眠をきちんと取ることは、高齢者にとってはますます大きな意味を持つであろう。

また、毎日、三十分ほど昼寝をする人のがん発生率は、昼寝をしない人と比べると三分の一だともいう。

このように見ていくと、睡眠でしっかり心と身体を休めることは実に重要であることがわかる。虚弱体質だと思ってきた自分が、七十代くらいまでは大きな病気にもならず、大学も病気で休まずに済んだのは、睡眠のおかげといえるかもしれない。私は直感的に、睡眠と昼寝は健康のもとだと思っていたのだが、それは正しかったといえよう。

呼吸法で生気を横溢《おういつ》させる

七十代になってから、いろいろなお医者さんとの対談の機会を意識的につくってきた。その多くは歳を重ねた方々だったので、年寄りにとって実に参考になる健康法の数々を教えていただくことができた。

私の実感として、長生きするための方法を大別すれば、呼吸法のような精神論的アプローチと、栄養学を主とした唯物論的アプローチの二つに分けられる。

呼吸法からの健康法を提唱する代表が、塩谷信男先生である。塩谷先生は、人間は食べなくても一週間くらいは生きられるし、水を飲まなくても三日は持つが、しかし、五分も呼吸をしなければ死んでしまうと指摘して、新鮮な酸素を効率よく体内に取り入れて細胞の働きを活性化する重要性を説く。まさにおっしゃるとおりであろう。

塩谷先生は、ご自分が子供のころに身体が弱く、呼吸法の本を読んで開眼し、「正心調息《せいしんちょうそく》法」という呼吸法を開発された。

塩谷先生が奨めるのは、「息を吸う→息を止める→下腹部に力を入れる→息を吐き出す→小さな呼吸を一つする」という動作を、一日に二十五回繰り返すことである。このとき、ヘソの下三センチ、腹壁と背中の中間くらいのところにある丹田《たんでん》を意識して、そこにめがけて空気を吸うようにすると、自然に横隔膜が下がり、肺の底まで空気が満たされる。すると身体の隅々に酸素が十分に行き渡り、全身に元気、鋭気、生気を横溢《おういつ》させることができるという。

さらに、日々を明るく前向きに生きるために正しい心の使い方をし、自分の願望について「必ずそうなる」「かくあるべし」と強く想念を発し、成功のイメージを抱く。そのために、普段の暮らしの中でも、物事をすべて前向きに考え、感謝の心を忘れず、愚痴をこぼさぬようにする。

すると心身ともに健康になり、人生が明るく楽しくなる。塩谷先生はゴルフにも積極的に取り組み、八十七歳のときに八十三打、九十二歳のときに九十二打、九十四歳のときに九十四打と、エージシュート（ゴルフの十八ホールを自身の年齢以下の打数でホールアウトすること）を三回も達成している。残念ながら百歳で脳梗塞を患って大腿骨を骨折してしまい、百五歳で亡くなられたが、確かにこのような人生を知ると、呼吸法や正しい心の使い方は大いに有益であろうことがわかる。

塩谷先生が開発した「正心調息法」は、やり方そのものは簡単だが、一日二十五回やらなければいけないから続けるのはかなり難しい。私もやってみたが、一日二十五回は案外大変で長続きしなかった。ただし、塩谷先生のおかげで呼吸が大切であることはよく理解できたので、我流の呼吸法をつくって、それを続けている。この呼吸法のためか、自分では気がつかなかったけれども、「声は若い」とよくいわれる。

「栄養」という視点からのアプローチ

一方、「栄養」という視点からアプローチし、命を物として捉えるような、いわば唯物論的人間観の代表ともいえる一人が三石巌《いわお》先生である。

三石巌先生の名前を知ったのは、『産経新聞』が平成六年（一九九四）に連載した「どうぞお先に」という三石先生のコラムを読んだことであった。

三石先生はもともと東京帝国大学理学部物理学科を卒業され、同大学院も修了された方である。還暦を機に、医学・栄養学まで研究分野を広げ、分子生物学に基づく独自の「分子栄養学」を創始されたのであった。

三石先生は明治三十四年（一九〇一）の生まれだから、産経新聞にコラムを寄稿したときはとうに九十歳を超えていた。全四十九回にわたったそのコラム題「どうぞお先に」には、「栄養の悪い食事を摂《と》っている人が多い。そういう方々は、自分よりどうぞお先に天国へ」という心が込められているのだから恐れ入る。

三石先生の理論の一つに、活性酸素の重視がある。コラムでも、「がんも脳卒中も心不全も、みんな活性酸素から生まれている」と書いておられる。

三石先生はコラムの二十回目に、カボチャを事例として、こう指摘する。

〈カボチャでもなんでも、植物ってやつはもろに日光をあびている。そこには紫外線があるってことを思いだしてくれないか。紫外線には波長の長いのも短いのもある。植物はそれをまともにあびているだろう。それはきびしいことなんだ。

キミはフロンガス問題を知っているんじゃないかな。オゾン層にあなをあけて紫外線をとおしちゃうってことを。

これがつまり波長の短い紫外線なんだ。それがヒフにあたると、そこにある水分子をわって活性酸素をつくっちゃうんだ。それでヒフがんができるってことをおぼえておくほうがいいだろう。

カボチャにがんができるかもしれんが、とにかく活性酸素はまずい。そこでベータカロチンをつくる。植物はカボチャだけじゃない。みんなそれぞれに何百種類ものスカベンジャー（引用者注：老化などの元凶とされる活性酸素をしまつする物質の総称）をつくっている。ビタミンCもビタミンEもそうだし、カロチン、フラボノイド、ポリフェノールとわんさかある〉

当時は活性酸素が及ぼす影響についての知識がそれほど普及しておらず、実に画期的な指摘であった。

三石先生は高タンパク、高ビタミン食を推奨されている。コラムの四十八回目に、こう書いておられる。

〈「どうぞお先に」ってタイトルの意味がそろそろはっきりしたころだろう。ついでに、高タンパク食やビタミンの意味もだ。

要するに、栄養がだいじだってことだ。だが、栄養だけで十分ってことはない。活性酸素のことがあるからなんだ。

だから、栄養物質のほかに、スカベンジャーをみのがしてはいかん。ビタミンA・B_2・C・E、それに、カロチンとかキサントフィルとかカテキンとかね。

ボクが力こぶをいれたのはタンパク質だ。それは、タンパク質が軽くみられているのがよくないと思うからだ。また、ボクの体質論はビタミンにかかわっているが、その本流はHLA（白血球の血液型）で説明される。それによると、八十歳をこす人はDW9というHLA

をもつとされていた。ところが国民の栄養がよくなると、DW9がないのに八十歳をこす人がおおぜいでてきた。

一卵性双生児はどこからどこまでうりふたつだ。ところが一方にビタミンCをやると、そっちの身長がたかくなる。ここにも栄養の価値の問題がみえてくるんじゃないかな〉

同じコラムの中で三石先生は、「朝食はミキサーに牛乳をいれ、そこに配合タンパクや水溶性ビタミン、レシチンや食物繊維、バナナ、温泉卵などをぶちこんでガーッとやる。スカベンジャーだのイチョウ葉エキスだのも、まぜちゃうんだ。これをのみながら脂溶性ビタミンやミネラルをのむ」と書いておられる。見事なまでの徹底ぶりである。

私がビタミンやタンパク質をできるだけ摂る食生活を心がけるようになったのは、先生の影響であった。

身体を柔軟にして血の流れをよくする

真向法《まっこうほう》という体操も紹介したい。明治二十二年（一八八九）に福井県に生まれた長井津《わたる》が創始したものである。

長井津は中学を中退して上京し、大倉財閥の大倉喜八郎に仕えて、若くして膨大な財産を築いた。だが四十二歳のときに脳溢血を患い、身体が不自由になってしまう。長井は勝鬘《しょうまん》寺というお寺の生まれだったこともあって、悶々とした思いを癒すべく勝鬘経を読んでいた。すると、釈迦の教えを学ぶ仏弟子が「頭面接足礼」や「五体投地礼」という腰を完全に二つに折る「礼」をしていることに気づく。長井は試しにやってみたが、身体が硬くてまったくできない。せめて礼くらいはできるようになりたい。そう思って三年間励むうちに、身体はすっかり柔らかくなった。そして驚くべきことに、不自由になった身体も元どおり動くようになり、以前にも増して健康になっていたのであった。

萎縮《いしゅく》している筋肉、血管、神経を柔軟にすることが身体の健康を高めることを確信した長井は、以後、これを体操法として広めたのである。

真向法を愛好している人で健康長寿な人は多い。萎縮している筋肉、血管、神経を柔軟にし、血液の流れをよくしてやることが身体の健康を高めるというのは、確かに理に適った考え方である。さらに真向法では腹式呼吸やプラス思考が大切なものとされるが、これは塩谷信男先生の教えにも通じるところがある。

私と真向法との出合いの場は、通産次官だった佐橋滋さんが理事長を務めていた余暇開発センターであった。当時、そこでは夕方になるとみんなで真向法をやっていたのである。おもしろそうなので私もやってみた。ところが、私は四十代後半だったが、身体が硬くてまったくできない。

真向法の基本は四つの動作のみなので、概略を紹介しておこう。

（1）床にお尻をつけてあぐらのように膝を曲げて座るが、ただし両足の裏を合わせ、できるだけ膝を床につけ、背筋をまっすぐにする。そのまま上体の前屈と起き上がりを繰り返す。

（2）両脚をまっすぐ伸ばして座り（足首はできるだけ鋭角に立てる）、上体の前屈を繰り返す。

（3）両脚を左右にできるだけ開き（一三〇度～一五〇度の角度をめざす。足首はできるだけ鋭角に立てる）、上体の前屈と起き上がりを繰り返す。

（4）正座をしてから脚を少し外に広げてお尻を床につける。その態勢から上体を後ろに倒して寝て、さらに両手を伸ばす。

最初にやったのは、ここでいう第三体操である。「脚を開いて上体を前に倒してみて下さい」といわれてやってみたが曲がらない。脚を大きく開いて、力士がよくやる「股割《またわり》」のようにするのであるが、そのときの私は、九十度より少し開く程度で、それ以上にはどうにも開かないし、上体もうまく倒せなかった。

思うようにできないこともあって、忙しさにもかまけ、それほど熱心にやらなかったが、六十歳を過ぎてから本格的に取り組むようになった。東京大学で土木工学を研究されてきた樋口芳朗教授が、「真向法は杭を打つ要領」と教えて下さったことがヒントになった。毎日、グッ、グッと小刻みに少しずつ押し込むように心がけてやっていく（ただし無理をしてはいけない）と、徐々に曲がるようになってくるので嬉しくなる。

七十歳のころには、かなり身体が柔らかくなり、「股割」をして、あごが床につくくらいに身体が曲がるようになった。加齢によって身体が硬くなるという常識を打ち破れるのだから、はまり込むと痛快きわまりない。

だが、手を抜くとすぐに身体は硬くなってしまう。毎日続けているとできるのだが、七十七歳で足を骨折したときには、もちろん真向法はできないのでやらずにいたら、身体が前のようには曲がらなくなってしまった。身体のバランスも崩れたのだろう。連鎖的に身体中が痛くなって、腕も上がらなくなった。マッサージをしてもらったが、それでも痛みは治らない。

あまりにも痛いのでペインクリニックに行ってみると、痛みは止まった。しかし、どうも痛みを一時的に抑えているだけで、身体自体が治ったわけではない。ペインクリニックの医者に、「これではかえって悪くなることがあるのではないですか」と聞いてみた。その先生は正直な人で、「悪くなることは大いにありえます」という答えだった。

それでペインクリニックではなく、真向法に切り替えた。しばらくすると身体が再び柔らかくなって、肩や足の痛みは完全におさまった。

以前はときどきサボることもあったが、以来、毎日二十分くらいかけて、独自に身体のヒネリを加えた我流の真向法を続けている。

「姿勢がいい」とよくいわれるのも、真向法をしているためであろう。姿勢がいいと、血が鬱血《うっけつ》することがなくなって、身体全体の血の巡りがよくなると思う。

私の家内は週に一回か二回、指圧師さんに来てもらっているが、私はマッサージしてもらわなくても肩はこらない。

年に二回くらい断食すると調子がいい

一時期、太ってしまい、体重が八十キロ近くになったことがある。身長は百七十センチだからかなりの肥満である。

その当時、私は就寝時にものすごく大きないびきをかいていた。いびきは自分ではわからないものだが、大学生を連れてオリエンテーションキャンプに行ったときに、同室だった外国人の先生から「やかましくて寝られなかった」といわれたこともあった。そのくらい大きないびきだった。

傍目《はため》にも太っているように見えたらしく、ダイエットを勧めてくれる人がいた。石原慎太郎さんからも、伊豆に石原結實先生がやっておられる断食のいいサナトリウムがあるから紹介するといわれたが、億劫《おっくう》なのでなかなか行かなかった。

そうこうしていたら、致知出版社社長の藤尾秀昭さんがその断食病院に一緒に行きましょうと誘ってくれた。よい機会だと思って、家内と初めて訪れたらすっかり気に入ってしまった。毎年二回、夫婦で十日間のコースに行くことを、もう十年以上も続けている。

断食といっても水だけの断食ではなく、人参ジュースを飲める断食なので、それほど辛くない。断食そのものは七日間だが、断食のあとにすぐに普通のものは食べられないから、十日かかるのである。

この断食によって、たちまちいびきはなくなった。「まったくいびきがなくなった」と家内がいうのだから間違いない。いびきは身体の軋《きし》みであり、注意信号に違いないから、これは瑞兆《ずいちょう》であった。断食を始めてからは、体重も十キロ以上落ちている。

家内の場合は、体重が四十キロを切ると体調が悪くなる。断食道場だけれども、普通の食事も用意されていて、家内の場合は四十キロを切った時点で普通の食事に切り替えてもらっている。断食に行ったのに体重が増えたこともあるようだ。家内はこの断食を私以上に気に入っているようである。

断食の経験を通じて、一年間に一週間から二週間くらいは人参ジュースだけで生きている時期があったほうが身体のためにいいのではないかと感じている。

人間の身体には細胞が六十兆個ほどあるが、胃や腸の粘膜は三日、四日で入れ替わるらしい。その入れ替わりにはタンパク質が必要だが、食事が入ってこないと、血管に溜まっているタンパク質を利用する。だから断食をすると、コレステロール値の高い人は、てきめんに下がる。脂肪もどこかから取ってこなければいけないが、これは血管から取ってくるそうだ。断食してもお腹の脂肪はなかなか減らないが、体重は確実に減る。

クスリも放射線も量の問題

このごろの日本人の多くは、放射線に対する考え方が間違っているようである。放射線と聞くと、何でもかんでも危ないと声を上げる人などは、その典型であろう。

放射線は核分裂・核融合によって出てくるものであり、自然界にもともと存在している。太陽も核融合でエネルギーを出しているから、高速増殖炉のようなものである。

太陽光が植物、動物にとって重要であることは今さらいうまでもない。植物は太陽の光がないと育たないし、人間にも太陽の光が必要である。しかし、だからといって、われわれがサハラ砂漠の真ん中に行って日光浴をすればいいのかというと、そうではない。太陽光を浴びすぎれば皮膚の炎症にもなるし、ひどい場合には皮膚がんの原因にもなる。

先に紹介した三石先生も、カボチャが太陽光に対抗するためにスカベンジャー（老化などの元凶とされる活性酸素をしまつする物質の総称）としてベータカロチンをつくっている例を挙げておられた。とはいえ太陽光がなければ、カボチャはうまく生育しない。重要なことは、その量であり、バランスなのである。

たとえば、人間は食塩なしでは生きてはいけない。しかし、醬油飲み競争などをして大量に飲んだら死んでしまう。適度な塩分は必要だが、塩分の摂りすぎは害になる。

放射線も同じである。ある程度の放射線は植物や人間にとって、けっして悪しきものではない。絶対必要なものである。昔から、放射線を含む温泉は湯治場とされていたし、少量の放射線は効能があると考えられてきた。

福島では原発事故が起こった年に、枯れかかっていたサボテンの花が生き生きと咲いたり、梨が大きくなったり、バラが通常年の二倍も咲いたりした事例が報告された。この現象を週刊誌は「突然変異が起こった」と書いた。無学な記者が書いたのだろう。それをチェックするデスクも無学である。

突然変異とは、何らかの影響を受けて遺伝子が変異した状態をいう。では、福島のサボテンや梨やバラの遺伝子に突然変異が起こったのだろうか。むしろ、「ある肥料をかけたら作物がよく育った」という現象に近かったのではないか。

オーストリアには放射線を浴びる治療法があり、健康保険も利く。日本でも放射線を一時間くらい浴びる先端医療があり、私もやったことがある。私は黙って座っているのが苦手なほうなのであまり行かないが、そこに通っている人の話では、放射線を浴びても悪い影響はなく、健康状態がよくなっていると聞いている。

他にも、水に放射線を入れて飲む治療をしている人もいるくらいである。量のことも考えずに、盲目的に放射線が悪いと決めつけるのは大いに間違っている。医療に使う薬品は「量」が最大の問題であると、十六世紀のスイスの医師で「医化学の祖」ともいわれるパラケルススがすでに指摘している。放射線しかりであろう。

放射線のことは専門医に聞く

福島で原発事故が起こった年に、ある店で天ぷらを食べた。木の芽の天ぷらがいつもより大きくておいしかった。「これはおいしいですね」といったら、店主が「黙っていて下さいよ。福島のものです」と小さな声で教えてくれた。

事故当時は、「除染」ということが随分騒がれたが、放射線の量の問題であって、あれほどの広範囲を除染するべきだったかどうか疑問である。少なくとも、除染の基準を「年間一ミリシーベルト以下」などにする必要があったか。

オックスフォードの学者やアメリカの学者の中には、「福島は除染しないほうがいい」と忠告している人もいた。除染をしても切りがないし、何のプラスにもならないらしい。しかし、誰も耳を傾けようとしなかった。

世界には、もともと放射線量が高い地域がある。二十万人が住むインドのケララ州マドラスでは年間の空間線量が九・二ミリシーベルトであるという。ブラジルのガラパリでは五・五ミリシーベルト、イランのラムサールでは四・七ミリシーベルトである。しかし無闇《むやみ》に放射線の危険を煽り立てる人たちは、なぜかこのような地域のあることについて積極的に言及しない。

どれほどの放射線が人体にとって危険かは、放射線を専門とする医者に聞かなければわからない。そしてその点については過去の日本の研究でも、とっくに結論は示されている。

長崎で原爆が落とされたときに、長崎医大（当時は医専）の放射線の専門家の永井隆先生がされた研究も、貴重な成果である。永井先生は被爆する前から白血病に罹っていた。ご自宅は爆心地に近いところにあり、奥さんは白骨になっていてロザリオだけが残っていたという非常に悲しい経験をされている。

原爆を落とされたとき、「放射線で七十五年間は人間が住めない」といわれて多くの人が長崎から逃げ出した。しかし、永井先生はご自分の専門である放射線医学から見て、その説に疑問を感じていた。真実を確かめるために、永井先生は長崎に留まって研究を続けた。

爆心地を調査すると、三週間目くらいにアリが出てきた。それから数週間後にはミミズが見つかった。アリやミミズに異常は見られなかった。爆心地は焼けてしまって何も残っておらず、あるのは放射線だけだが、アリやミミズのような小さな生き物が放射線を受けても影響を受けていない。永井先生は「小動物より何百倍も大きい人間の身体に害を及ぼすほどの影響があるわけがない」と考えて、他の医者と一緒に、「長崎に戻るように」と呼びかけた。その呼びかけに応じて帰ってきた人は多く、原爆投下前より長崎は大きな町になっていった。

広島にも、原爆投下の三カ月後くらいから人が戻ってきて住んでいる。広島は世界で最初に原爆が落とされた地であり、被爆者にどういう影響があるかは、世界中の関心事だった。被爆者に関しての国際的な研究が進められて、データが出ている。それによれば、原爆投下直後に亡くなった人の多くは焼死か爆風によるものであった。放射線で白血病になり亡くなった人もいたが、被爆者全体から見ればかぎられた数であった。被爆して生き残った人を長期間にわたって調査してみると、平均寿命は普通の人よりも長いくらいだった。遺伝的影響はほとんど見られず、奇形児の誕生も通例と比べて特筆すべきものではなかった。

広島の放射線の強さは福島とは比較にならない。それだけ強い放射線でも健康への影響は限定的であった。

このような研究結果が出ているにもかかわらず、福島では放射線医学の専門家の意見が無視されて、主に政治家の思惑で必要以上の除染が行なわれてしまった。

繰り返しになるが、「量の問題」を忘れてしまってはいけない。猛毒の薬品でも、きわめて少量であれば薬として効くことがある。身体によいといわれる食べ物でも、過度に食べれば健康に害をもたらす。

むしろ、放射線は悪いということをただただ盲信して、不必要なまでに福島産の農水産物などを排斥するような人は、自分で自分を呪うのと同じく、むしろ心の面から自分の健康を壊してしまうのではなかろうか。まっとうに歳を重ねた人であるならば、そのような愚に陥ることなく、逆に若者たちに真実を伝え、励ます役を務めたいものである。

自然食品に執着しても必ずしも長生きしない

私は、素直な男だから「身体にいい」といわれたサプリメントはだいたい飲んでみる。続くものもあれば、途中でやめてしまうものもある。いろいろやってみると、自分の身体に合ったものがわかってくる。

私より年上の学者で非常に元気な先生と対談させていただいたことがある。その先生に健康法をお聞きしたところ、山形県からまむしの粉を取り寄せて飲んでいるとのことだった。

私は小さいころに父からまむしの粉をよく飲まされた。田舎はまむしがよく獲れるので、まむしを串に刺し、焼いて粉にして飲んでいた。それを思い出したので、まむしの粉を取り寄せて飲んでみた。

ところがしばらくすると、私にまむしの粉を教えてくれた先生ががんで亡くなってしまった。それを聞いてからは、私も何となくやめてしまった。

今でも続いているのは、百歳を過ぎても元気だった人から聞いたサプリメントだ。何となく自分もあやかれるような気がしてくる。

自分が歳をとってきたので、他の高齢者と身体の状態が似てきたのか、他の高齢者に合ったものは、自分にも合っているような感じがする。

ただし、サプリメントや食品にこだわりすぎるのはかえってよくない。こだわっていた人で身体を壊してしまった人を何人か知っている。

一人は、自然食品に凝《こ》って、自分でも自然食品屋を始めた。しかし、その女性は若くして亡くなってしまった。もう一人は、いつも玄米を取り寄せていた。その人は、大腸がんを患って、手術をして大変な生活をしている。

身体によいものを食べることは素晴らしいことである。しかし、そのことに執着する健康オタク的な人が、必ずしも長生きするとはかぎらないことも事実であるようだ。食べ物には気をつけたほうがいいだろうが、あまり気にしすぎてしまうと、逆にそのことが健康を脅《おびや》かすもとになる可能性があることを忘れぬほうがいいだろう。

やはり長生きした人の話を参考にすることだ

五十歳のころに心臓が痛くなったことがある。冷や汗も出てくるほどで、心配になって病院に行って調べてもらった。すると医者は、「これは大変ですね」という。

私はすっかり心配になってしまい、順天堂病院でカテーテル検査をしてもらうことにした。検査後に心臓の動きを見せてもらったが、実に元気よく動いている。医者からも「大丈夫です」といってもらったが、それより大きかったのは、自分自身の目で元気に動く心臓の様子を見たことであった。自分の心臓についての確信が持てたのであろう。それっきり治ってしまったのである。

特に心配事があった時期ではないが、忙しくて神経を遣っていたから、心臓に痛みを感じたのだろう。しかし、元気に動いている心臓を見たら、痛みは消えていった。それ以降は、心臓が苦しいと感じたことはない。

「病は気から」というが、「気」から来ている部分があったのだと思う。

八十歳を過ぎてから旧制中学校の同級生が集まったときに、飛び抜けて元気な人間が四人いた。そのうち二人は禅宗の僧侶、一人は広島の原爆被災者、もう一人が私だった。他の人はどちらかといえば元気がなくなっていた。

私の知り合いに、広島で原爆に被災したもう一人別の人がいる。その人とは、上智大学の寮でも同じ部屋で、その後もつきあいが続いた。彼は原爆の爆風を受けて耳は片方が聞こえない。そのくらい爆心地に近いところにいたが、病気で休んでいる姿を見たことがない。彼からいろいろと話を聞いて、原爆は必ずしも放射線で亡くなるわけではないと知った。

偶然、彼とはドイツにも一緒に留学することになったが、ドイツでも元気だった。原爆に被災した彼はドイツでは珍しがられて、医学部からしょっちゅう呼ばれていた。

若いときに健康だった人が長生きするとはかぎらない。私の同級生でいちばんに亡くなったのは、相撲部の主将だった。身体が大きくて元気だった人が最初に亡くなったので印象的だった。その一方で、「身体が弱い」と診断された私や原爆被災者が快活に長生きしているのだから、人生はわからないものである。

健康のためには、やはり長生きした人の話を参考にすることである。

そういえば、ある長生きした人が、いちばん身体にいいのは仕事で成功することだと書いていた。成功して浮かれていてはダメだが、そうでなければ、仕事の成功がいちばんの健康の益になる。その反対に、仕事で失敗することは健康の害になる。私はこれは当たっていると思う。

定年退職したあとでも少しでも仕事をして成功すれば、生活が楽しくなるし、健康にもつながるはずである。

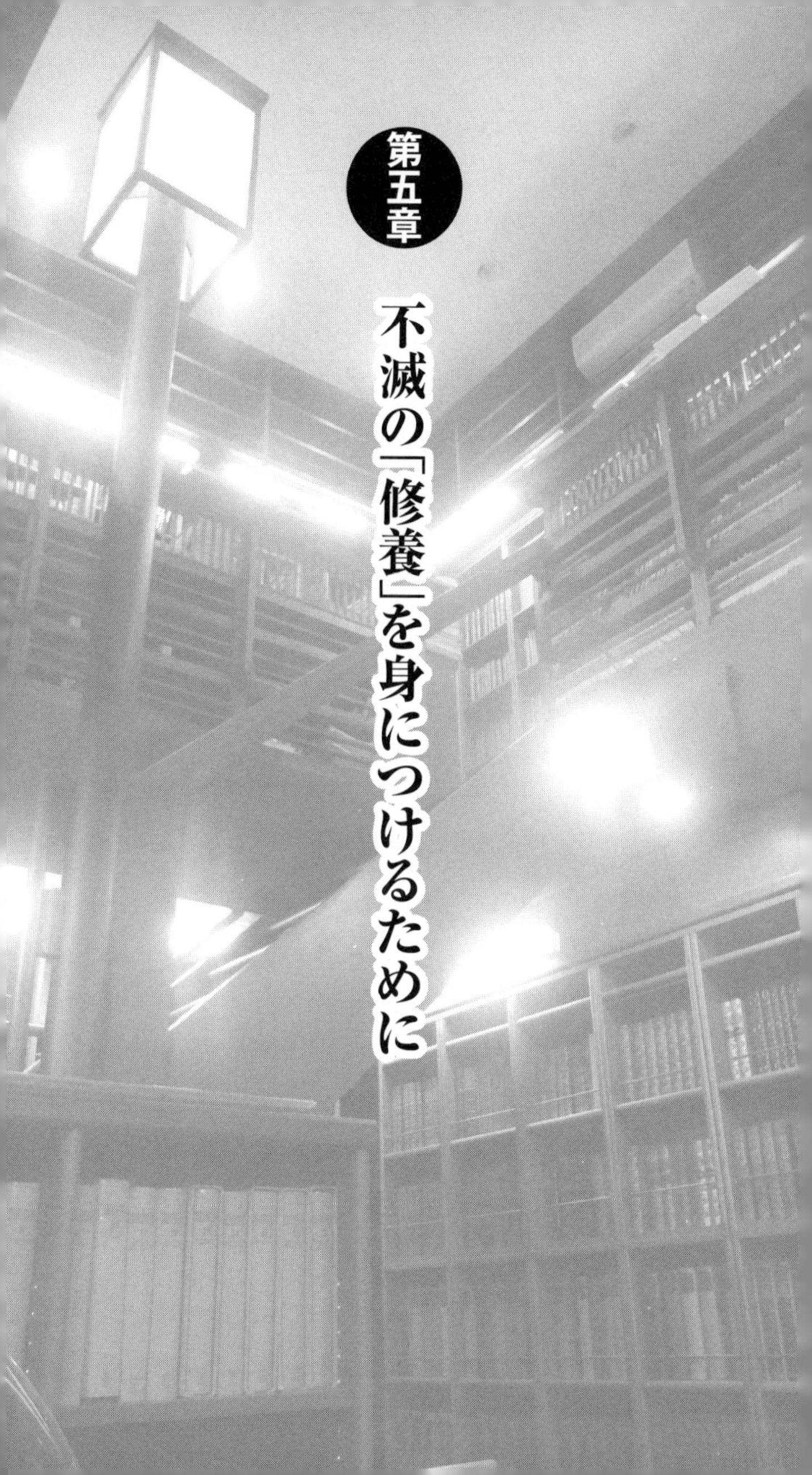

第五章

不滅の「修養」を身につけるために

老後こそ「機械的な仕事」を心がけよ

老後は悠々自適などといわれる。確かに、思うままに時間を使えることになる人が多いであろう。

勤めていた人なら、毎日ほぼ決まった時間に出社して、一定時間の勤務をこなしていたはずだが、それもなくなる。家を切り盛りしていた主婦でも、夫が働いていたり子供がいたりすれば、夫や子供のタイムスケジュールに合わせる生活を多かれ少なかれ送ってきたはずだが、夫が退職し、子供たちも独立していけば、そのような部分もある程度はゆるくなる。

だが、そうであるからこそ、私は老後の充実のために、ぜひとも心がけておくべきことがあると思う。それは、

「機械的《メカニカル》な仕事の方法こそが、決定的に重要である」

ということである。

私がこのことについて体系的に書いたのは、『知的生活の方法』のあとに講談社現代新書から出した『続　知的生活の方法』においてであった。

ここで機械的というのは、毎日、決まった時間を割いて仕事に取り組むというほどの意味

である。生産力の高い作家たち――多作であったり、数々の長篇を残したりするような作家たち――は、多くの場合、一日のうちで執筆に充てる時間を決め、機械的といってもいいほどの勤勉さで執筆に励んでいるものである。

この書において私は、毎午後、機械的に働いて大量の物語詩や小説や歴史書を書いたウォルター・スコットや、気象庁での仕事を終えてから毎日、十九時のニュースを聞き終わって後、二十三時までを小説の執筆に充てていた新田次郎の例を紹介しつつ、こう書いた。

〈われわれは、文学作品であれ、絵画であれ、音楽であれ、「芸術」といわれる分野のものは、インスピレーションによってできあがると思いがちである。もちろんインスピレーションがなくて芸術作品が生まれるわけはないが、「作品」と名のつくものは、その大部分は機械的《メカニカル》な作業であることを悟らない人は、知的生産には無縁にとどまるであろう〉

〈人は、機械的に働くという習慣――勉強の習慣――がつくと、つぎからつぎへと、最初は考えることもできなかった大作を仕上げることができるようになるものらしい〉（以上、『続　知的生活の方法』）

このような習慣のありなしは、間違いなく、老年の生活の充実を大きく左右するように思う。もちろん、大作家ではないのだから、何時間も机にかじりついていなくてもいいかもしれない。しかし、毎日同じ時間を決めて、機械的に何らかの知的作業、つまり勉強をするという習慣を持っているかどうかで、その人の生活は画然と変わるはずなのである。

定年退職後を毎日日曜日にするのはよくない。一日十五分でも、何かをやったほうがいい。まず十五分やってみると、それがきっかけとなって、けっこう長い時間やり続けてしまうことがあるものである。

佐藤一斎《いっさい》の『言志晩録』の中に、「少にして学べば、則《すなわ》ち壮にして為すこと有り。壮にして学べば、則ち老いて衰えず。老いて学べば、則ち死して朽ちず」という有名な言葉がある。

最初の「少にして学べば、則ち壮にして為す有り」は、少（少年）のときに学べば、壮（壮年）になったときに活躍する場が広がるということだ。これはいわずもがなのことであろう。最後の「老いて学べば、則ち死して朽ちず」は、死んだあとの自分に対する評価だから、あまり気にする必要はない。

老年の幸せのことを考えたら、最も重要なのが真ん中の「壮にして学べば、則ち老いて衰えず」である。文字通り、「壮年のときに学んでいれば、老年になっても衰えない」という意味だが、これがなかなか難しい。

大学教授を務めた人でも、定年退職後に勉強を続けていない人が案外いる。そういう人は、早く衰えてしまう人が多い。文科系の教員の中には、毎年同じノートで講義している人もいる。そうやって楽をしてきた教員は、定年後にツケが確実に回ってくるようである。

一方、優秀な編集者で、定年になってから評論家などに転身して活躍している人もいる。堤尭《ぎょう》氏や半藤一利氏などはその筆頭に挙げられるだろう。このような人たちは、現役時代に編集者としても大活躍をしている。多忙をきわめていたはずだが、しかし、それでも仕事とは別に、日ごろから自分の興味関心に基づいて勉強を続けていたに違いない。ジャーナリストでも、社の名刺がなくなってからも活躍できるのは、自分の興味ある分野を深掘りして、広範な人間関係を築いてきた人であろう。

この差は、とても大きい。もし本書を読んでいるあなたが「壮」であるならば、しっかりと肝に銘じて「機械的に勉強する」習慣を身につけるべきである。

もっとも、「自分は壮のときに、勉強を積み重ねてこなかった」という人も、別に焦ることはない。大作家や大評論家になろうというならともかく、自らの老年期を充実させるためには遅すぎることなどない。

今、このときが、いちばん早いタイミングなのだから、思い悩むことなく今から始めればよい。

漫然とやってはいけない

そのような勉強をするときに重要なことは、「漫然としない」ことである。漫然と目的を絞らずにやって失敗した事例を、私は『続 知的生活の方法』の中で、自分自身の卒業論文と修士論文を挙げながら紹介した。

もう、六十年以上も昔のことになるが、私は大学の卒業論文のテーマにラフカディオ・ハーン（小泉八雲）を選んだ。当時はまだ彼に関する本や論文も多くは出ていなかったから、それらをすべて読んで大論文を書いてやろうと考えた。思えば、いかにも若者らしい野心である。

現実に、二万ページくらいはハーン関係のものを読んだ。そうするうちに論文の構想が浮かび上がってくるに違いないと考えたのだが、予想に反して、アイデアはメモの範疇《はんちゅう》を超えず、論文としての構想はまとまってこなかった。

しかし、締切りだけは迫ってくる。そこでやむなく、締切りの一カ月半前から第一章を書き出した。

すると驚くべきことに、第一章に着手したとたん、新しく調べなければならないことが次から次へと具体的に出てきてしまったのである。むしろ、資料を読んでいた折に取ったメモは、使い物にならないことが多かった。結局、卒論は締切りに間に合わず、論旨も一貫せず、まったく不満足なものに終わった。

この経験を通して学んだことは、「まず書き始めることが大切」ということであった。漫然と目的を絞らずに乱読しても、あまり役には立たないのである。ある程度の構想を立てたうえで、実際に第一章を書き始めると、調べなければならないことが突如として次々と目に見えるように現われてくる。疑問が生じたらチェックし、最初の構想が間違いだとわかったら書き直す。しかし、それでよいのだ。そのようにして毎日、何時間か機械的に取り組まないと、まともな論文など完成しないのである。

卒論の反省を生かし、修士論文はそのように取り組んだから、もちろんまだまだ幼稚なものではあったが、自分自身としてはある程度満足できるものとなった。

もちろん、これは「論文」のことであって、すべてに適用できるものではないだろう。だが、仕事のコツとして共通する部分は、間違いなくあると思う。

つまり、何の目的意識もなく漫然と雑多なものを読むだけでは、結局はうたかたのように消えてしまって自分の中に積み重なっていくものは何もない、ということになりかねないのである。やがて、果たして自分が何を読んできたかさえ、定かではなくなってしまいかねない。

ところが、何らかの目的意識に基づいて、実際にそのテーマに寄り添いながら読んでいけば、間違いなく次々と目前に課題は現われ、次に何を読むべきかも見えてくるのである。

そのときにお奨めしたいのは、私がこれまで『知的生活の方法』などで繰り返し書いてきたように、自分の本を買って、重要だと思われる部分に線を引き、メモを記入し、それを自分の蔵書としていく方法である。こうしておけば、何かの機会に、「あの本ではどうだったか」と疑問が湧いたとき、書棚に行ってページを繰るだけで、自分が考え、感じていたことが生き生きとよみがえってくる。自分自身による、自分自身のための、かけがえのない思考の蓄積になるのである。

そのような本を揃えていけば、それは自分にとって最良の「書庫」となり、その場所が自分にとって最高に居心地のよい「書斎」になる。自分自身の思考の蓄積が、目に見えるかたちですぐ手の届く場所にあることは、便利なことこのうえないし、成果も一望できて気分もよい。自分の関心を中心に据えて書庫を充実させていけば、六畳一間、八畳一間でも十分に威力を発揮するのである。

もちろん、早くからそういう習慣を続けていれば素晴らしいが、今から始めても遅すぎることはない。

わが書斎の「原風景」

このような書斎の幸せを考える基盤として大きかったのは、私の場合、高校時代の恩師、佐藤順太先生の家の書斎を見せてもらったことであった。これは考えれば考えるほど、一生の中でも指折りの幸せであった。

佐藤順太先生の書斎にうかがう機会のきっかけは、あまりに英語の授業が素晴らしかったので、高校を卒業したときに、お礼のはがきを書いたことであった。先生から「遊びに来なさい」という返事をいただいたのである。

先生の言葉では、先生のおばあさんの隠居所だったところを住まいにしたということだった。障子を開けると目の前に小川があった。

先生の家は大きな家ではなかったが、それでも八畳くらいの部屋が書斎になっていた。私はそのとき初めて本物の書斎というものを見たのである。部屋の二方には天井まで桐の倹飩《けんどん》箱が積み上げられていて、中に和漢の木版本がぎっしりと並んでいた。

佐藤順太先生は英語の先生だったから、分厚いスタンダード辞書が置いてあった。ネルソン百科事典もあったし、戦前、第一書房が出した、かの美しき『小泉八雲全集』もあった。この小泉八雲（ラフカディオ・ハーン）全集は、日本の出版文化の一つの頂上といっていいほどの、堂々たる見事な造本であった。

碁盤も置いてあった。先生は碁は鶴岡でいちばん強いくらいだったと聞いている。チェーンスモーカーだったから、いつもタバコを吸っていた。

先生はいつも着物姿で書斎に座っておられた。私はそのゆったりした風情を見て「書斎の中で暮らす、こういう老人になりたい」と、心からの憧れを抱いた。

それ以来、私の人生の理想から「書斎」が離れたことはない。ずっと書斎のことを思い続けていた。

大学院で学んでいたときに、思いがけないことが起こった。できたばかりの上智大学の図書館の宿直室に住まわせてもらうことになったのである。

建物の管理人として、一日の終わりにすべての戸が閉まっていることを確認する義務があっただけで、あとは何もやることがなかった。

図書館の宿直室に住むようになって、図書館というのは素晴らしいものだと思った。大学院生だからレポートを書かなければいけないが、図書館に行ってカードに書いて申請しても「貸し出し中で、ありません」といわれることもあった。しかし、図書館に住んでいるから、必要なときにそっと行って書庫を探すことができる。何という便利さ、何という時間の節約か、という洞察を得た。

それまで住んでいた学生寮では、本を買い揃えたいのに、それを置く場所がなくて大いに困惑するのが常だった。買いたいものが買えないことさえあった。しかし、図書館に住みだしてからというもの、どれだけ本を買っても置き場に困ることはなくなった。まだ、のんびりした時代のこと。図書館の中に、自分の本を置いていたのである。

大学の図書館はすべての学科の人のためのものだから巨大だが、自分の専門にかぎれば、何千分の一でいい。いつか図書館のような自分の書庫を建てたい、という具体的なイメージが湧いた。

その後、ドイツに留学したが、ドイツの図書館の制度の素晴らしさにも感銘を受けた。オックスフォードに行ったときには、オックスフォードの図書館にも感動した。もちろん、ドイツやオックスフォードで図書館に住むことまではできなかったけれども。

日本に帰ってきて、再び図書館の宿直室に入ることになった。

当時は非常に住宅難で、結婚してもせいぜい一部屋か二部屋に台所つきというところしかなかった。結婚した同僚の生活を見ていて、「こういう部屋に住んだら自分の勉強はダメになる」と感じていた。私は、簡単なものでもいいから自分の書庫を持つめどができるまでは、図書館に住もうと覚悟を決めた。

幸い、三十歳のころにようやく書庫のある家に住むめどが立った。ちょうどそれは結婚と重なる時期のことであった。以来、妻にも背中を押されて本を求め続け、書庫づくりに励んできた。そして喜寿のときに、本を置く書庫を中心として、そこに住むところをくっつけたような家を建てたことは、先の章で述べたとおりである。

『続　知的生活の方法』に、自分の蔵書《ライブラリー》を作り上げることについてこう書いた。

〈そうしてこの二十年をふり返ってみると、劣悪な条件でゼロからはじめた人間にしては、そう悪い成果ではない。なによりもその過程において、生きがいやら、精神の安定やら、外界の変動に対する落ち着きやら――そういうものを多少なりとも持っているとすれば――の少なからざる部分は、ゆるやかに自分の蔵書を作り上げる、ということに負っていると思うからである〉(『続　知的生活の方法』)

それから四十年近くを経て、この感慨に一点の変更点もない。ただただ、あのときよりも、さらに蔵書を充実させることができた喜びに包まれるのである。

今でも「自分は、いるべき場所にいる」と感じるのは、自分が築いてきた書庫兼書斎に入っているときである。大学の教授会に出席しているときに「ここが自分のいるべき場所だ」と感じたことはなかった。政府の審議会に推薦してくれる方がいて、税制審議会や国語審議会などに出席したが、そのような場も自分のいるべき場所だとは思えなかった。

今になってみると、「いるべき場所」という直感に正直に生きてきたことがよかったと思う。高校を卒業した年に、書斎にいる老人としての自分をはっきりとイメージできたことは、本当に大きなことであった。すべての人が同じようなことで幸せになるとは思わないが、私の場合は明らかに、書庫にいるときに幸せを感じることができるのだから。

今は、私の孫まで、書庫に入り込むのを楽しみにしているから、とても嬉しく思っている。

高齢者に適しているのは「修養」

「壮に学ぶ」ことの大切さを先に記したが、この点で多くの人が勘違いをしていることがある。それは、壮年のときの仕事を、「学ぶ」ことと重ねて考えてしまうことである。

仕事をやっていると、知識を得、給料を得、地位を得、人間関係が深くなる。自分の仕事に関連する専門分野のことも一生懸命に勉強するだろうし、様々な努力もするだろう。だから、ついつい「学んだ気」になっている。

ところが老年になって振り返ってみると、老になってますます輝く「学び」と、そうではない「学び」があることが歴然としてくる。

第一章で、自然科学はまだまだ未知の領域が多く、不完全な学問であるのに対して、たとえば詩歌などは、時代が進んで進化するというものではないと述べた。自然科学の世界では、ある日、天才がこれまでとはまったく違う学説を提示して、一夜にして常識が変わってしまうことも起こりうる、と。

これは自然科学ばかりでなく、技術系のことも含めて、多くのことに起きうる現象であろう。コンピュータのプログラムにせよ、工学系の技術にせよ、新しい技術が日進月歩でどんどん出てくる。現役のときにはかろうじて通用した技術も、少し経てばすぐに化石になりかねない。そして、こういうものは必ず、若い人に追い越されるものである。

研究者の世界でも、理系ではそれが顕著である。理系の研究者は、若いときには非常に高い業績を残すのに、歳をとると業績を残せなくなることが多い。アインシュタインも三十歳を過ぎてからはほとんど凡人だったという説もある。

一方、幸いなことに、私は文科系の研究者であった。文科系の研究者の場合、歳をとってもずっと研究を続けられることが多い。文科系は「蓄積」なのだ。歴史にせよ、文学にせよ、進化する余地の少ない普遍的なものを研究していれば、学べば学ぶほど知見は蓄積していく。だから、そうそう若い研究者には負けないで済む。もちろん、新史料の発見などでガラリと見方が変わることがないわけではないが、それすらも目端《めはし》の利く人であれば十分に対応することができるだろう。

私は、歳をとってから「文科系でよかった」としみじみと感じた。退職金をもらってから二十年を超えたが、その間、まったく退屈ではなかった。本を読む時間が増え、考える時間も在職時代よりかえって増えた。

さらにいうならば、私は文科系の中でも、高齢者に適しているのは「人間学」だと思う。「修養」といってもいいかもしれない。

人間学の中心になるのは古典や歴史だ。古典というのは何百年間も読み継がれてきたものだから、歳をとってからでも大いに参考になる。もともとが古いものなのだから、若い人に追い越されたり化石扱いされることなど心配せずに、じっくりと学んで益がある。壮年時代に勉強するべきことは、専門の仕事の他の「不易流行」の「不易」のほうだ。人生経験を積んだ高齢者こそ、古典を読めば、いろいろと考えさせられることが出てくる。

何系統の古典でなければならないという決まりはない。日本には儒教的な言葉も残っているし、仏教の言葉も残っている。キリスト教の言葉もある。神道の場合は言葉では語られていないけれども、神道的な考え方も残っている。いずれも自分を磨くために役立つ。

また、歴史に学ぶこともそうである。組織の興亡を記録した歴史は、いうまでもなく人間学に直結する扉である。歴史の中で繰り広げられる人間模様を知ることは、人間とはいかなるものかを理解するための、かけがえのないよすがとなる。

「修養」と「教養」の違い

ここで、「教養」と「修養」の違いについて考えたい。

私には、「教養」という言葉はどちらかというと青年向きの響きであるように感じられてならない。これは、私が旧制高校のことを知っている年齢であることによるのかもしれない。「教養」と聞くと、旧制高校の人たちがドイツ観念哲学を学んでいるようなイメージを想起してしまうのである。

若い人に対しては「教養を高めよう」でいいかもしれないが、高齢者に「教養を高めよう」というのは、どうもしっくりこない。年齢に関係なく自分を磨き、自分を高めることは大事だから、やはり「修養」や「人間学」という言葉を使うべきではないか。

実際に、政治家やジャーナリストなど社会の先頭に立って活躍すべき人々の中でも、残念ながら「人間としてなっていない」と表現せざるをえない例を散見する。変な言い訳や、取り繕《つくろ》い、責任回避などばかり重ねる人は、みっともないことこのうえない。

学者やジャーナリストが政治家に転身した場合、さすがに「教養がない」とはいいがたい。しかし、まったく人間を磨いた跡が見られないのだから「修養がなっていない」とはいいうるであろう。そして、そちらのほうが致命的なのだとも。

様々な読書や勉強を通じて、教養を高めることが大切なことはいうまでもない。だが、それ以上に大事なのは、人としていかに生きるかという心構え、覚悟を知ることではなかろうか。

そのために必要なのが「修養」であり、「人間学」なのである。

そしてそれは、歳を重ねてからもますます大切になってくる。「修養」は不滅である。人間学を学んで修養を積んでいる人は、いつまでも衰えない。

理科系の人でも、ある程度の歳になって以降、「人間学」に目を向ける人もいる。理科系の知識を背景にして人間学を学んでいる人は、人間としての幅が広い。岡潔先生のように、数学者でありながら、人間学を極め、晩年は最も影響力のある老人の一人になった人もいる。理科系の人ほど、壮年になったら「修養」に心を向けるのが正解ではなかろうか。

古典への入り口は肩肘《かたひじ》の張らない道を

では、どのような古典を読むべきだろうか。

私は、入り口としては、あえて肩肘《かたひじ》の張らない道を奨めたい。古典を読むときに、最初から難しい本を読もうとする必要はない。

たとえば吉川英治の『三国志』はどうであろうか。吉川英治が『三国志』を書いたのは昭和十四年（一九三九）から昭和十八年（一九四三）のことである。まさにシナ事変、そして大東亜戦争を背景として書かれたのであり、吉川英治は実際に戦時下のシナも訪れている。その緊張感が作品にも出ているから、もとになっている『三国志演義』よりも格段にいい。日本人向けにアレンジされているといわれるが、そのことを含めて、人間に対する洞察を深められる素晴らしい本である。

『論語』を学ぶなら、易しく書かれた中島敦の『弟子』を読むといい。下手な『論語』を読むより、『弟子』のほうが孔子という人物のことがよくわかる。

司馬遼太郎の『坂の上の雲』を読んで日露戦争の意味を考えてみてもいいかもしれない。読んでみると、「乃木大将への評価が、あまりに偏っていないか」と気がつくだろう。

そういう気づきを得たら、次はその興味関心に基づいて、どんどんと別の本を読んでいけばいい。吉川英治の『三国志』のあとに、中国王朝の興亡について学びを深めてもいい。中島敦の『弟子』を読んでから、実際に『論語』を読み、やがて注釈者の違いによって解釈がどう変わるのかという部分にまで足を踏み入れてもいい。司馬遼太郎の『坂の上の雲』のあとに、実際には日露戦争とはどのような戦いであったのかを詳しく学んでみてもいい。そういう読み方は、歳をとった人のほうがうまくできる。

人間学を学ぶのに、決まった本はない。ピンとくる話は人によって違う。それは『聖書』かもしれないし、『論語』や『弟子』かもしれない。『菜根譚《さいこんたん》』かもしれない。松下幸之助さんの言葉を読んでもいいだろう。

ただし、先にも述べたように、テーマを見失わないことである。そのためにも、最初は自分の興味関心にいちばん近いところから読むことをお奨めしたい。

思えば、私が歴史に対して興味を覚えたのも、少年向けの講談本がきっかけであった。真田幸村や塚原卜伝《ぼくでん》、あるいは三国志の物語を通じて歴史に興味を持ち、そこからどんどんと興味関心を広げていったのである。

まず自分がおもしろいと思うものを手に取り、読み進めていけば、必ずや気になることが出てくる。次にはそれについて調べ、読んでいけばいい。「求めよ、さらば与えられん」で、求めていけば必ず何か見つかるであろう。そしてあるとき、ふと自分の書棚を見て、えもいわれぬ充足感を覚えるに違いない。

そうして学んでおくと、家族との会話が楽しくなるという余徳にあずかることもある。

あるとき、私の小学生の孫と、山崎の合戦における秀吉の行動についての話となった。話してみると、孫はやたらに詳しい。どうやら孫は、マンガを通してこの合戦を知り、興味を持ったらしい。別の機会には、大東亜戦争中に空母信濃がなぜ簡単に沈められたかについて聞かれて、「はて、どうだったか」と答えに詰まってしまったこともあった。これらのことは私にとって、かけがえのない幸福な機会となった。

「短い名句」が救ってくれる

第一章で暗記することの効用について書いた。こと「修養」について学んでいく中で気に入った短い言葉や一節を覚えていくことは、自分自身を大いに高めてくれるものであるから、ぜひお奨めしたい。

たとえば、『易経』のすべてに精通する必要などないし、そういったことは、専門家に任せておけばいいが、『易経』の中の自分の気に入ったところだけを暗記していくと、大いに役立つ。キリスト教を学ぶにしても、トマス・アクィナスの『神学大全』を勉強しなくても、キリストの言葉を断片的に覚えておくといい。

たとえば、キリストの「汝明日を煩うことなかれ。今日の悩みは今日に足れる」という言葉を覚えていると、何らかの状況に直面したときに、ふとその言葉が思い浮かんでくる。普段は忘れていても、ふと出てくるものである。

人生においては、短い名句が力になることがある。これが意外にバカにならない。人間はいろいろな場面に直面するが、そのときにポッと古典の言葉が出てきて救われることがあるのである。

その点で自分自身忘れられないのは、私がかつて活動家たちに執拗に攻撃されたときのことである。

昭和五十五年（一九八〇）、私は『週刊文春』（同年十月二日号）に「神聖な義務」というエッセイを書いた。『週刊新潮』（同年九月十八日号）が小説家の大西巨人氏の第一子と第二子が遺伝性の病気を抱えていて多額の医療費がかかっていると報じた記事を読んで書いたものだった。

私は、アレキシス・カレルが「ヒトラーのように国家の手で劣弱者を一掃するのは大反対だが、自己犠牲の精神でそれをするのは倫理的に天地の開きがある」との趣旨の主張をしていることを紹介しつつ、こう記した。

〈既に生まれた生命は神の意志であり、その生命の尊さは、常人と変わらない、というのが私の生命観である。しかし未然に避けうるものは避けるようにするのは、理性のある人間としての社会に対する神聖な義務である。現在では治癒不可能な悪性の遺伝病をもつ子どもを作るような試みは慎んだ方が人間の尊厳にふさわしいものだと思う〉

カトリックでは、どんな子供であろうと生まれた子供は徹底的に大切にする。私もこの文章の中で、

〈もちろん精神異常者、精神薄弱者、先天的身体障害者として既に生まれている人たちに対して、国家あるいは社会が援助の手をさしのべるのは当然である。しかし、未然にふせぎ得る立場にある人は、もっと社会に責任を感じて、良識と克己心を働かせるべきである、ということは強調されてしかるべきであろう〉

とも書いた。

だが、この文章が掲載されてから約三週間後に朝日新聞社会部の記者がやってきた。彼は

私を詰問調で取材して帰ったが、すぐに、「大西巨人氏VS渡部昇一氏」とありもしない論争が行なわれているような見出しの記事が打たれた。その内容は、あたかも私がヒトラー礼賛者であるかのような印象を与えるものであった。

幸い私には、『文藝春秋』誌など反論を書く場があったので、大学の同僚を含め心ある人々は早々に事の次第を了解し、大きな問題に発展することはなかった。だが、活動家たちが押しかけてきて、さんざんに授業妨害をやられた。ここでは名を伏せるが、特に質《たち》の悪かった団体が二つある。私は当時、一週間に六コマ講義を持っていたから、一週間に六回攻撃を受ける羽目《はめ》になったのである。

それでも私は彼らに謝りもせず、主張の訂正もしなかった。そして、活動家たちに吊るし上げられたあと、心を落ち着かせるために唱えた言葉が、「雁寒潭《がんかんたん》を渡る。雁去りて潭《ふち》に影を留めず」という『菜根譚』の言葉であった。

これが意味するところは、「雁が冷たく澄んだ淵を渡り、飛び去ると、淵には何の影も残らない」ということである。このイメージが、当時の私には大いなる救いに思われた。

私は授業が終わって帰宅する前に、「雁寒潭を渡る」「雁寒潭を渡る」と唱えていた。すると、家に着いたころには心は穏やかになっていた。寝る前にも「雁寒潭を渡る」と唱え続けた。結局、二年間ほど活動家たちから攻撃を受けたのだが、寝食を共にしている家内は、私が毎日授業妨害を受けていることに、とうとうまったく気がつかなかったそうである。

今振り返ってみると、ああいうものが古典の力なのだろうと思う。記憶力を高めることとは別の次元で、禅宗の言葉であれ、キリストの言葉であれ、修養を高める短い言葉の中から気に入ったものを、いくつも暗記しておくべきであろう。

日本の和歌がしみじみとわかる

日本人の心根を尋ねるべく、『百人一首』を暗記するのもいい。若いときにはあまり意味がわからなかったものでも、歳をとって様々な経験を積んでくると、しみじみとわかってくることがある。選者だといわれる藤原定家は全部わかったうえで百首の秀歌を選んだのだろうが、われわれの場合、「こういうのが日本の和歌のよさなんだな」と歳を重ねてようやく見えてくることがあるのである。

もっとも、どうしても名歌とは思えない歌も思い当たる。

私がお奨めしたいのは、歌集や解説本の書籍を求めて、特に気に入った歌、気に入らなかった歌などに印をつけ、その理由や感慨などを書き添えておく方法である。しばらく年月が過ぎた後に、もう一度その本を手に取ってみると、案外、気に入った歌が変わっていることに気づく。もちろん、大好きであり続けるものもあるだろうが、変わったものは、なぜ変わったかを考えてみるのもおもしろい。自分自身がどう変わったのかを発見する、一つのきっかけにもなるだろう。

百人一首から、さらにたとえば『伊勢物語』などに進んでみるのもいい。百人一首には在原業平の「ちはやふる　神代も聞かず　竜田川　からくれなゐに　水くくるとは」が選ばれているが、これも『伊勢物語』一〇六段に出てくる。

『伊勢物語』は、愛情の物語だが、和歌で綴《つづ》られた在原業平の伝記のようなものである。在原業平は六歌仙の一人にも挙げられ、『古今和歌集』に三十首、『新古今和歌集』に十二首選ばれている。さすがに心打たれる和歌が多い。

「世の中に　たえて桜の　なかりせば　春の心は　のどけからまし」も心に残る歌の一つである。

今日でも、毎年桜の季節になるとテレビやラジオで開花情報が発表される。現代人も、「今は三分咲きか、五分咲きか」「今ごろ、弘前《ひろさき》では満開だろうか」「雨が降ると、週末までは桜は持たないかもしれない」などと一喜一憂している。桜を想う細やかな心情が千年前の日本人と変わらないことに、老齢の私は大きな感動を覚える。

「いにしへの　しづのをだまき　繰りかへし　昔を今に　なすよしもがな」という歌も心に残る。これは、ある男が昔親しかった女との思い出に浸り、昔のことに思いを寄せている歌だ。もう一度、昔に時を巻き戻したい、というような意味である。

『伊勢物語』の中で、ふと、この歌を見つけると、「ああ、これが静御前の詠んだ歌のもとになっている歌だ」と、あらためて感銘を受ける。

源義経が源頼朝から追われたとき、女連れでは捕まりやすいと弁慶に忠告されて、恋人であった静御前を一行から切り離した。ところが、静御前は頼朝軍に発見されて捕まり、鎌倉に送られてしまう。静御前は当時、京都第一の白拍子。鎌倉にいる頼朝や北条政子は田舎者だから、みんな静御前の一流の舞を見たい。静御前は、私は義経の女であり、身ごもっている身だからと断り続けるが、ついに頼朝の無理やりの命令により、鎌倉の鶴岡八幡宮で白拍子の舞を披露することになる。

そのときに静御前は、「しづやしづ　しづのをだまき　繰りかへし　昔を今に　なすよしもがな」と詠いながら舞ったのである。『伊勢物語』の歌の「いにしへの」を「しづやしづ」に変えているが、そこには義経が自分のことを「静や、静や」と呼んでくれた愛しい日々への思いが込められている。

頼朝はすぐに『伊勢物語』の歌だとわかり、その意味もわかった。頼朝は「こんなめでたい場で」と怒った。源氏の武将たちは義経と一緒に壇ノ浦まで行って戦った者たちである。一座は蒼然となった。義経は追われてどこかに行っているが、その愛妾が昔のように兄弟仲よかった時代に戻れないものだろうかという意味の歌を詠んだのだから、頼朝が怒るのは当然だった。

しかし、その場を北条政子が取りなす。「あれは女の道です。私もあのようでした」と頼朝に説いて、静御前を許してもらったのである。政子は、山木兼隆との結婚前夜に抜け出して、恋仲だった頼朝のところに身を寄せている。女として静御前の気持ちがわかるから、女の道を頼朝に説いて、その場はおさまった。

静御前は第一級の白拍子である。当時の白拍子は教養として『伊勢物語』を知っていたからこそ、すぐに替え歌を詠むことができたのである。このことからも日本文化の深みを知ることができる。

若いころだったら読み飛ばしていたかもしれないが、歳をとると一つの歌を見ただけでいろいろなことが思い浮かんでくるのである。それもまた楽しい。

和歌や俳句から得る思わぬ気づき

さらに『万葉集』の歌を覚えるのもいいだろう。

私が『万葉集』に親しむことができたのは、昭和二十一年、敗戦後の学校の授業のおかげである。新学期になったが、当時の紙不足のせいで教科書がなかった。そこで国語の先生が「『万葉集』をやろう」といって教えてくれたのである。『万葉集』の最初にある雄略天皇の歌から始まって、先生が次々と歌を黒板に書き出して、説明してくれる。われわれ生徒はそれを紙やノートに書き写して、暗記をしていった。

忘れてしまった部分もあるが、今でも空でいえる歌も多い。「大和《やまと》には　郡山《むらやま》あれど　とりよろふ　天の香具山　登り立ち　国見《くにみ》をすれば　国原は　煙《けぶり》立つ立つ　海原は　鷗《かまめ》立つ立つ　うまし国そ　蜻蛉島《あきづしま》　大和の国は」という舒明《じょめい》天皇の歌は、敗戦直後の私の心には、杜甫《とほ》の「国破れて山河あり　城春にして草木深し」などよりもずっと深く響いた。

『万葉集』の大きな特徴は「和歌の前での平等」である——私はつとに、そう指摘してきた。『万葉集』には天皇や貴族ばかりでなく、農民、兵士、遊女、乞食などあらゆる階層の人々の歌が収められている。

これは驚くべきことであって、ヨーロッパでも中国でも、王侯貴族たちはとてもそんな発想をしなかったに違いない。そこに、どのような意味があるのか。そのようなことにまで思いを馳《は》せながら、ゆっくりと『万葉集』をひもといていくのも、歳を重ねた者ならではの楽しみではないだろうか。

あらためて学び直すのは、歌でなくとも、俳句でもいい。

たとえば芭蕉の名句には、ほとんど漢語が入っていない。

「ふるいけや　かわずとびこむ　みずのおと」

「かれえだに　からすのとまりたるや　あきのくれ」

「このみちや　ゆくひとなしに　あきのくれ」

芭蕉は大和言葉に回帰するという思いを持っていた。そのようなことを、若いころ、学校で学んだときとは違う感慨で味わうことができる。

芭蕉の一番弟子に其角《きかく》という人がいるが、この人の句にはすみれの句がない。其角の弟子が「先生の句にはすみれがありませんが、どうしたんでしょう」と尋ねたことがある。すると其角は、芭蕉の「山路来て　なにやらゆかし　すみれ草」という句の「なにやらゆかし」以外にはいいようがないと答えた。すみれについては、芭蕉の句を超える表現などできないという理由で、すみれの句をつくらなかったというのである。

こういう話を知ると、いっそう深い感銘を受ける。芭蕉という人は日本人の感性をうまく表現した人だということが何となくわかってくる。

日本文化とは何かという視点を持ちながら、和歌や俳句を読み進めると、思わぬ気づきに出合うことがあるのである。

詩から歴史を学ぶ

歴史を学ぶときに、和歌や詩に注目するのもいい。

たとえば日露戦争について学ぶときには、与謝野晶子の「君死にたまふことなかれ」と、乃木希典の漢詩「金州城下作」を併せて読んでみる。

「君死にたまふことなかれ」は学校で教えられることがあるが、乃木希典の漢詩が教えられることはない。両方とも教えないと日露戦争当時のことが見えてこない。

乃木希典の漢詩は次のようなものである。

山川草木《さんせんそうもく》　転《うたた》荒涼

十里風腥《なまぐさ》し　新戦場
征馬《せいば》前《すす》まず　人語らず
金州城外　斜陽に立つ

日露戦争における旅順攻略戦や奉天会戦を戦い抜いた、乃木希典大将率いる第三軍。ロシア兵たちは、その戦意の旺盛なことに恐怖すら覚えたという。第三軍が直面したのは、きわめて厳しい戦場であった。にもかかわらず、なぜ彼らは敢闘精神を失わなかったのか。それは、乃木の人間的魅力によるところが大きいであろう。

私は乃木の魅力は、実際に会った人間でなければ理解できないものであるように思う。だが、その片鱗《へんりん》を垣間見ることができるのが、乃木の残した漢詩である。

戦場ではハッタリは通用しない。兵士のことを思っているなどと口先だけでいくら述べたところで、そんなものはすぐに見透かされて誰もついてはいかない。しかし、乃木は死にゆく兵士たちのことを心の底から悼《いた》んでいた。

兵士への愛惜の念は、挙げた漢詩からもあふれ出ている。乃木の愛息二人も戦死していて、もはや跡取りさえいない。「われわれより、将軍のほうが苦しんでおられる」――きっと兵士たちの多くもそう感じたであろう。だからこそ兵士たちは、敢然として突撃を繰り返すことができたに違いないのである。

戦後、乃木愚将論が一世を風靡《ふうび》した。しかし、それが根本から間違っていることを、この漢詩は教えてくれる。そして当時の将兵が、いかなる思いを持って戦ったのかを、われわれに雄弁に物語ってくれるのである。

もう一方の与謝野晶子の「君死にたまふことなかれ」も、いろいろと考えさせる。

学校では、もっぱら反戦歌としてこの詩が教えられる。だが、与謝野晶子は後に、自分の子供が軍人になるときには、それを励まして「水軍の　大尉となりて　わが四郎　み軍にゆく　たけく戦へ」などの歌をつくっている。そういうことを、どう理解するべきなのか。

また、日露戦争当時、「君死にたまふことなかれ」は大衆からもてはやされたが、こういう反戦の歌が人気になっても、政府は堂々としていた。日露戦争は国を賭けた戦いであったのに、なぜ何もいわなかったのか。

そう考えていくと、「そうか、当時のリーダーたちはみな、武士だったのだ」という事実に気づく。与謝野晶子は町人の娘である。明治の指導者たちは、「町人の娘ならば、このような感情を持つのは当然だろう」というくらいに考えていたに違いない。さらにいえば、日本における戦いの伝統においては、武士たちの辞世にも見られるように、「情」は大切な要素であった。明治のリーダーは武士の矜持《きょうじ》と伝統を背負っていたからこそ、「君死にたまふことなかれ」にも動じることがなかったのであろう。

それに対して、大東亜戦争ではちょっとしたことにまで政府が厳しい検閲を行なった。日露戦争のころとリーダーの資質が変わったということがよくわかる。明らかにその器量が低下しているといわざるをえない。

明治維新はデモクラシーであり、差別をなくしていくものだった。武士であろうが、町人であろうが、農民であろうが、難しい試験に合格すれば帝国大学や陸軍士官学校、海軍兵学校に入れて、政府の要職に就くことができるようになった。ところが、そんな彼らがリーダーになった昭和時代には、庶民の意見に対して厳しい検閲を行なうようになってしまった。ここに大いなるパラドックスを見ることができる。デモクラシーはある意味では大きなプラスだけれども、マイナスの面もあるのである。では、そのマイナスをカバーするために、いかなることが考えられるのか——。

与謝野晶子の「君死にたまふことなかれ」という詩一つだけでも、このように次々と問題意識を深めていくことができるはずである。

以上、思うままに、様々な問題に対する視点の例を挙げてきた。

もちろん、これは私の感興によるものであり、そのとおりに本を読み進めていく必要など、何一つない。あるいは随分と脇道に入っているように見えるかもしれないが、テーマさえ絞っておけば、そこからどんどん派生して調べていく楽しみがあるということをお示ししたまでである。

ぜひ自分自身の興味ある分野をとば口に、修養や人間学を養い高める本を読み進めることを始めてはいかがであろうか。大切なのは、まず始めることであるのだから。

第六章 次なる世界を覗《のぞ》く——宗教・オカルトについて

「未知なる世界」は存在するか

われわれは、死後の世界、あるいは宗教の世界をどう考えたらいいのだろうか。

宗教について論じる前に、まずオカルトの世界があるのかどうかを考えなければいけない。オカルトとはつまり、科学では説明のできない超自然現象、神秘現象のことである。オカルトの世界がないと思えば、宗教の世界もなくなる。

私は、オカルトの世界はあると考えている。そう考えるに至るにはいくつもの理由があるが、一つ目の理由はカントの『視霊者の夢』という本を読んだことであった。

カントはスヴェーデンボリという人の霊視体験に興味を持った。スヴェーデンボリは科学者であり実務者であって、怪しげなことをいう人間ではなかった。スヴェーデンボリは霊視ができて、その霊視が当たると評判だった。何百キロ先の火事が見えたという話もある。

カントは理性的な人だから、スヴェーデンボリの経験をもとに徹底的にオカルトの本質を研究し、その結果、「オカルトは夢のようなものであろう」と考えた。それをまとめたのが『視霊者の夢』である。

世の中には、霊魂の世界が見える人もいる。「自分にも見せてくれ」といっても、それはできない。ある夢を見た人に「あなたの夢を私にも見せてほしい」というのと同じだ。カントは、霊魂の世界は夢のようなものであり、理性ではどうにもならないから学問の対象にはならないと考えた。しかし、霊魂の世界自体を否定はしなかった。これは実に立派な結論である。

私がオカルトの世界が存在すると考えるもう一つの理由は、アレクシス・カレルの『人間この未知なるもの』という著書を愛読してきたからである。この本を読んで奇蹟というものについて深く考察することができた。

アレクシス・カレルは一九一二年にノーベル生理学・医学賞を受賞したほどの外科医だが、若いころに、「ルルドの奇蹟」を体験しているのである。「ルルドの奇蹟」は知る人ぞ知る話であろう。一八五八年、ベルナデットという少女が薪拾いをしているときに聖母マリアが現われた。聖母が示したところを見ると水が湧いていた。その水に触れると、不治の病が治るなど次々と奇蹟が起こったという話である。

ローマ法王庁は「奇蹟」という言葉に対して非常に慎重で、滅多にその使用を許さない。奇蹟的治癒という言葉を使用するには、奇蹟が起こる前の病状と起こった後の病状がはっきりとわかっていること、そして、短期間に治ったことなどが示されねばならなかった。病気も精神病などではなく、器質的なものでなくてはいけない。短期間というのは、一時間、二時間といった時間、あるいは、長くても一日程度である。そのような短い時間で病状が劇的に改善しなければ、「奇蹟」という言葉は使われないのである。

アレクシス・カレルは若いころ、その「ルルドの泉」に行く巡礼団に医師として加わったのであった。カレルが付き添ったのは、チアノーゼも出ているほど重症の結核性腹膜炎の少女である。ところが、ほとんど危篤状態といっていいその少女をルルドの水につけると、みるみるうちに治ってゆく。わずか数分で腫《は》れが治り、ほどなくしてほとんど完治してしまったのである。

カレルはその光景を目《ま》の当たりにして、大きな衝撃を受けた。わずか数分で病状が消えていくことなど普通はありえない。そこで、その事実を医学界で発表した。しかし、当時のフランス医学界は唯物論的であり、反宗教的なインテリの集まりだったため、まともに相手にしてもらえなかった。政教分離を厳しく行なっていた時代でもあった。結局、アレクシス・カレルはフランスの病院には就職できずにアメリカに渡り、ロックフェラーの研究所に入った。そして医師として「血管縫合および臓器の移植に関する研究」をして、ノーベル生理学・医学賞を受賞したのである。

アレクシス・カレルは、若いころに目の前で起こった奇蹟を忘れることはできなかった。そしてそのことを生涯にわたって研究し続けた。彼は、実にインチキが多い社会ではあるが、本当の奇蹟もあると書いている。祈りが効くことがあるとも書いている。この世の中には「未知なるもの」があるということである。

カントやカレルは、その人格から見ても、嘘をいう理由がまったくない。私は、彼らのいうことに嘘はないと思っているし、オカルトの世界、あるいは宗教の世界は存在すると考えている。

「神は隠れている」

学生のころ、私は上智大学にいた神父と会って話をして、カトリックに入るか入るまいかを考えた。最終的にはパスカルの『パンセ』を読んでいたことが、カトリックの世界に飛び込む決断につながった。

『パンセ』は、「人間は考える葦である」という言葉で有名な書だ。最近はあまり読まれなくなったが、昔の旧制高校ではみんなが読んでいた。

試しに、「人間は考える葦」にあたる部分を引用してみよう。

〈人間は一茎の葦にすぎない。自然のうちでもっとも弱いものである。だが、それは考える葦である。かれをおしつぶすには、全宇宙が武装するにはおよばない。ひと吹きの蒸気、ひとしずくの水が、かれを殺すのに十分である。しかし、宇宙がかれをおしつぶしても、人間はかれを殺すものよりもいっそう高貴であろう。なぜなら、かれは自分の死ぬことと、宇宙がかれを超えていることとを知っているが、宇宙はそれらのことを何も知らないからである。

そうだとすれば、われわれのあらゆる尊厳は、思考のうちにある〉（由木康『パスカル冥想録』白水社）

これだけ理性的な思考を重んじるパスカルは、神や奇蹟について真剣に考究した。なぜなら、彼自身が二回も奇蹟を体験したからであった。

一回目は、彼自身が神が現われるのを見たことであった。一六五四年十一月二十三日のことである。二回目はより決定的で、彼の姪のマルグリットの病が瞬く間に治癒したことであった。マルグリットはポール・ロワイヤル修道院の寄宿生であったが、涙膿漏《るいのうろう》という病気に罹ってしまった。涙袋に膿が溜まる病気だが、マルグリットの病状は悪化して目だけでなく、鼻や口からも膿が出るようになってしまった。パリの有能な外科医さえも手の施しようがないほどであったが、一六五六年三月二十四日、マルグリットがポール・ロワイヤルにあったキリストの荊《いばら》の冠の一部に目を押し当てたら、あっという間に治ってしまったのである。

パスカルは科学者としてその理由を考えた。それらの思索のメモを彼の死後にまとめたものが『パンセ』である。

パスカルは、「神は隠れている」と述べる。「隠れています神（デウス・アブスコンディトゥス）」であって、かすかに姿を現わすことはあるものの、すべての人にわかるようには現われないというのである。

求めなければ神は見えない。信じない者の前には神は現われない。しかし、もし神がまったく現われなければ、神を信じる人はいなくなる。

だから神は、人々の信仰が薄れようとしているときに奇蹟を起こして、人々を信仰へ呼び戻そうとする。教会の教えが権威を失ってくるとき、ときどき真理が自ら人々に語るのだ――パスカルはそう考えたのであった。

パスカルの賭けの理論

『パンセ』の大半を占めているのは、宗教と信仰と人間の関わりである。科学者の立場から、パスカルは奇蹟や神というものが存在するということを立証しようとした。なにしろパスカルは、自分の目で奇蹟を目撃したのである。それについてパスカル自身は考え続けた。とはいえ、神は「隠れています神」であり、無限に不可解なものである。そこでパスカルは、「神はあるか、または無いか、どちらにきみは賭けるのだ?」と次の議論を行なう。

〈えらばなければならないとしたら、どちらに利益が少ないかを考えてみよう。きみがうしなうものは二つ、真と善とであり、賭けるものは二つ、きみの理性ときみの意志、きみの知識ときみの幸福とである。そして、きみの本性がさけようとするものは二つ、誤りと悲惨とである。(中略)神はあるという表のほうを取って、損得をはかってみよう。二つの場合を見つもってみよう。もし勝ったら、きみはすべてをえるのだ。負けても、何もうしないはしない。だから、ためらわず神はあるというほうに賭けたまえ。(中略)ところで、この側にくみすれば、きみにどんな災いが生じるであろうか? きみは忠実に、正直に、謙虚に、恩をわすれず、慈悲深く、友情にあつく、まじめに、実直になるだろう。じっさい、きみは有害な快楽や栄誉や享楽におちいらなくなるだろう。（中略）きみはそのためすでにこの世で得をするであろう。またこの道を行く一歩ごとに、得をする確実さの多いことと、きみが賭けたものの無価値であることとをますます知るであろう。そして、自分は確実な無限なものに賭けた、そのために何も損はしなかったということを、ついには認めるであろう〉（『パスカル冥想録』）

神様はいると賭けて、もしいたらすべてを得る。もし神様がいないとしても失うものは何もない。神がいるほうに賭ければ、現世においても得をする。神がいるほうに賭けて、損することは何もない。ところが、神がいないほうに賭けて、もし神がいたら大変なことになる。何も得られず、すべてを失うことになってしまう。

このパスカルの賭けの理論は、私にとってとても説得力のあるものだった。それで私は、昭和二十六年（一九五一）に洗礼を受ける決心をしたのであった。

後年、谷沢永一氏とこれについて対談したとき、谷沢氏は「これは世界最大の脅迫ですな」とおっしゃって、ニコリとされた。これはおもしろい表現で、確かに脅しのようなものである。しかし、当時の私は脅しだからといって逃げることはできなかった。それでカトリック入信に向かっての精神的跳躍を行なったのである。

世界でいちばん進んだ宗教共存

今、私はカトリックに飛び込んでよかったと思っている。そう思える大きな背景となったのは、カトリックに改宗したあとも、伝統的な日本の宗教との深刻な断絶問題に悩むことがなかったことであった。

これはわりと知られていないことであろうが、戦国時代、キリスト教徒がキリシタンと呼ばれていたころのカトリック教会の認識と、私が入信したころのカトリック教会の認識はまったく違う。キリシタンのころには、神道や仏教などからキリスト教に改宗させなければいけないという考え方で布教が行なわれていた。単純にいえば、「神社も仏閣も打ち壊すべき」という方針であった。しかし、長いあいだカトリック教会によって日本文化が研究された結果、日本の神道は本質的には先祖崇拝であるということがようやくわかったようである。先祖を尊んではいけないという考え方はカトリックにはない。それゆえ、先祖崇拝の神道はカトリックとは相反しない。日本で広がった日本仏教も基本的には先祖崇拝であってカトリックと相反するものではない、とされるようになった。

かくして私が入信したころのカトリックでは神道も仏教も認めていたから、私は家の神棚も仏壇も壊す必要がなかったのであった。

プロテスタントのほうは神棚や仏壇を壊す例がまだあった。東大の英文学の中野好夫先生の親はプロテスタントの牧師だった。両親が改宗するときに、庭に仏壇や神棚を置いて涙を流しながら焼き払ったという。私はそういう経験をしなくて済んだので幸いだった。

日本の宗教というのは、仏教も神道もみな先祖崇拝を基本としている。しかも、おそらく世界で最も早く、異なる宗教の共存という偉業を聖徳太子が成し遂げている。『日本書紀』の用明天皇（聖徳太子の父）の項には、「天皇、仏法を信《う》けたまひ、神道を尊びたまふ」とある。聖徳太子は「法華経」や「勝鬘経」に注釈をつけるほど仏教を深く理解していながら、神道を廃止することはなかった。

日本における宗教共存は、やがて「本地垂迹説《ほんじすいじやく》」という思想にまで高められていく。日本の神は、仏が衆生救済のために姿を変えて迹《あと》を垂れたものだと考えたのであった。これは後にさらに洗練されて、「同じ聖なるものが、インドでは大日如来に、日本では天照大神になった」という考え方になる。これによって日本では、「宗教的真理は世界中で同じに現われるが、受け取る側の違いによって宗教のあり方が異なる」という思想が根付いたのである。この思想こそが、日本において神道と仏教とカトリックが対立しない精神的基盤となっている。これは世界の中でいちばん進んだ宗教共存のかたちといってもよかろう。

ちなみに、「本地垂迹」に相当するカトリックの考え方は「煉獄《れんごく》」である。七世紀から八世紀にかけて、カトリックの聖人ボニファティウスがゲルマン人の部族を改宗させようとした。そのゲルマン人の酋長は改宗して教会を建てようとしたが、ふと気づいて、「自分が改宗したら自分の先祖はどうなるのか」と聞いた。ボニファティウスは真面目な人だから「洗礼を受けていないから地獄に行く」と答えた。酋長は怒って、建てかけていた教会をすべて壊したという。確かに、自分の先祖が地獄に行くといわれたら、入信するはずがない。

このようなことを経て、カトリックでは「煉獄」という考え方が生まれてきたのであった。煉獄は天国に行くまでの中間的なところで、地獄のように苦しむところではなく、何となく灰色というような世界である。死後に地獄に落ちなかった人は煉獄に行く。先祖たちがすべて地獄に落ちているはずはないから、煉獄にいると考えられるようになった。さらに、カトリックに改宗した人が先祖のために祈りを捧げれば、煉獄にいる先祖はみな天国に行けるということにした。それ以降、一挙にキリスト教が広まったといわれている。

この「煉獄」という思想も一つの素晴らしい発明だと思うが、「本地垂迹説」のほうが、より洗練された、無理がない思想であるように思う。

外国人に天皇、神社を理解させる方法

二〇一六年の伊勢志摩サミットでは、各国首脳が伊勢神宮を参拝した。

このときに安倍首相が各国首脳にどのような説明をしたのかは知らないが、おそらく二つのことを説明したのではないかと、私は想像している。一つは、「日本の神話に出てくる神々の系図と、史実に出てくる天皇の系図が連なっている」こと。もう一つは、「現在の世界の大問題は宗教を背景とした戦争だが、日本ではすでに古代から宗教戦争はなくなっている」ということである。

後者の「古代から宗教戦争がない」というのは、まさに、今述べたばかりの「本地垂迹説」による宗教の共存思想である。G7に集まった首脳たちは、カトリックとプロテスタントの違いこそあれ、みなキリスト教徒である。彼らが伊勢神宮に「参拝」できるのは、日本の神社がキリスト教徒のお参りも受け入れているからである。その事実からも、日本の宗教共存に対する考え方がよく理解されるだろう。

もう一方の「神々の系図と天皇の系図が連なること」については、私自身が昭和三十年

（一九五五）にドイツ留学をしたときのことが印象深く心に残っている。

ある日、ドイツ人の家庭に呼ばれたときに、「第二次世界大戦まで日本には天皇がいたが、今どうしているか」と尋ねられた。まだ戦後十年で、海外では日本のことはほとんど報じられていなかったし、第一次世界大戦後にドイツ皇帝ウィルヘルム二世も、オーストリア・ハンガリー帝国の皇帝カール一世も帝位を追われているから、当然の質問だっただろう。

私は、「戦前も、戦中も、戦後も同じ天皇が在位しておられます」と答えた。すると、彼らは大いに驚いたのであった。そこで私は、さらに皇室についてどう説明すれば効果的かと考えて、次のように述べた。

「トロイア戦争でギリシアを率いた英雄アガメムノンの直系子孫が、今なお王位にあったら、と考えてみていただければ、それが日本の皇室のイメージに近いでしょう」

アガメムノンはミケーネの王であり、トロイア戦争におけるギリシア軍の総大将とされる人物である。その系図を三代以上遡《さかのぼ》ると、ゼウスやクロノスなどといった神々と結びつく。ギリシア神話の物語と考えられてきたが、シュリーマンによってトロイアやミケーネが発掘されたことによって、トロイア戦争は史実につながるものであることがわかった。シュリーマンはミケーネで発見された黄金のマスクを「アガメムノンのマスク」と命名している（もっともそのマスクは、実際にはアガメムノンの時代よりさらに前のものだったらしい)。

ならば、もし当時の王家の直系子孫が現在まで王家であり続けていたとしたら、その家系はギリシア神話の神々と結びつくことになる。日本の天皇はそれに等しい——ほとんどの西洋の教養人はギリシア神話をよく知っているから、この説明でピンと来るのである。

さらに重ねて、「ギリシアの神殿はすべて遺跡になっているが、日本の神社は今なお大切に人々から信仰され、敬愛され、祀り続けられている」と説明すれば、たいていは驚愕とともに、天皇そして神社のイメージを的確に摑んでもらえるのである。

もし、このような説明を伊勢神宮で世界の首脳たちにしていれば、彼らも大いに思うところがあったのではなかろうか。

宗教を信じて愚かになるのではいけない

私がカトリックに入信したころには、日本に来ているカトリック教会の神父の中には、座禅を組む人もいた。自分の魂を磨くためであるから、手段としては禅宗のやり方でもかまわないというのがカトリックの考え方であった。

ところが、戦後もしばらく経ったころから、変に原理主義的な人がカトリックの中にも出始めてきた。上智大学に隣接する聖イグナチオ教会からも、靖国神社反対のデモをしようとする人間が出てきたという噂さえ聞いた。

噂なので真偽のほどはわからないが、これが本当だとすれば、大いに馬鹿げたことである。なにしろ戦後、マッカーサー司令部が靖国神社をドッグレース場にでもしようとしていたのを止めたのは、上智大学教授のブルーノ・ビッテル神父なのだから。ビッテル神父は経済学の教授で、当時は駐日ローマ教皇庁バチカン公使代理もされていた。靖国神社を守ったのは、そういうカトリック教会の信者たちなのである。にもかかわらず、カトリック信者が靖国神社に抗議のために押しかけるというのは、なんたる堕落であろうか。

原理主義の人の中には、他の宗教を排除することで純粋になると考えている人がいる。しかしそれは、純粋になったのではない。むしろ、愚かになったというべきであろう。宗教にはよい面もあるが、悪い面もある。宗教を信じるのであれば、宗教の悪い面を信じないほうがいい。

こんな例を挙げるとプロテスタントの人に失礼かもしれないが（プロテスタントにもいろいろな宗派があるから、自分の宗派のことではないと思っていただきたい）、プロテスタントを信仰するある高名な日本人の学者は歳をとったとき、「悪魔が来た、悪魔が来た」と騒ぎだして、どうにもならなくなったという。若い人が、「先生、そういうときには、思い切ってキリストの腕に飛び込んで下さい」と必死に説得して、なんとかなだめたらしい。「悪魔が来た」と怖がった先生は、バイブルを読んでさえいなければ、悪魔のことなど思い浮かばなかったのではないか。歳を重ねて取り乱すくらいなら宗教を信仰しないほうがよかった、ということになってしまう。宗教を信じる悪い面が出ると、端から見ていても馬鹿馬鹿しいとしかいえないようなことが起こるのである。「悪魔が怖い」と震え上がるような信じ方をしてしまうのは、あまり利口なこととはいえない。

私が子供のころは、お祭りのときなどに地獄絵巻の絵解きなどがよくあって、とても怖い思いをしたものだった。「嘘をつくと舌を抜かれる」とか「盗みを働くと釜ゆでにされる」などという教えである。このような話は子供の教育のためにはよいとしても、死ぬときにまで脅されるのはいかがなものか。宗教として信じるのなら、私はどちらかといえば簡単に天国に行けるものを信仰したい。

日本人が信じてきた神道は、地獄の責め苦で脅しあげる手法というよりは、究極的には、先祖からずっと見られているという発想であろう。先祖から見て恥ずかしい行ないをしていたら、あの世できっとこっぴどく叱られて面目が立たないというほどのものである。逆に、叱られない程度にきちんとしていれば、先祖からも守ってもらえるし、死んでも懐かしい先祖に会えるのだから安心である。

カトリックの場合は、ごく単純化していってしまえば、終油の秘跡（サクラメント）を受けていれば地獄には絶対に行かないという教えである。だから私は、自分が死んだあとには確実に天国に行くと信じている。そして、そこにはきっと自分の親たちもいるはずである。そう信じることができるのは、精神の平安のために、とてもありがたい。

九十五歳を超えると宗教すらいらなくなる

九十五歳くらいを超えた高齢者は、あまり死ぬのを怖がらない——そういう話を、以前、高齢者向けの高級マンションを経営する社長から聞いたことがある。多数の高齢者と会っている方が持った印象だから、それほど間違ってはいないだろう。

佐藤一斎は、八十歳を超えてから執筆した『言志耋録《てつろく》』の中で、こんなことを書いている。

〈凡《およ》そ生気ある者は死を畏《おそ》る。生気全く尽くれば、この念もまた尽く。故に極老の人は一死

睡《ねむ》るが如《ごと》し〉

生気があるうちは死を畏れるが、歳をとると生気が衰えて、穏やかに眠るような死に方をするという意味である。

この名句に類するものとして印象深かったのは、プロテスタント学者の中川秀恭先生のお話である。中川先生は日本を代表するプロテスタントの学者で国際基督教大学の学長まで務められた。中川先生が百歳のときにお会いしたが、そのとき先生がこうおっしゃった。

「九十五歳を過ぎたころからは、死後にキリストの御許《みもと》に行けるといったことすら考えなくなりました。死んだら虚空に消えるだけでいいじゃないですか」

素晴らしき達観である。この話を曾野綾子氏にしたところ、曾野氏は「そういう方は、もう心が全部バイブルに入り切っている方ですよ」とおっしゃった。バイブルに入り切ってしまった人は、悟りの境地に達していて、何の未練もなくなっているのであろう。

逆にいえば、百歳近くまで長生きをすると、バイブルはいらなくなるという言い方もできるのかもしれない。

生命の本質が何かということはよくわからない。佐藤一斎がいうように、生気はだんだんと消えていくものかもしれない。たしかに若いころは生気にあふれているから、病気で死んでしまう場合も、七転八倒して苦しんで死ぬことが多い。ところが歳をとればとるほど生気が少なくなってくるから、火が消えるように自然に死んでいける。

私の個人的な感覚では、八十歳を過ぎると燃えさかっていた火の勢いが減っていく気がする。孔子は「七十にして矩をこえず」といったが、現代の人にとっては七十歳ではまだ火が燃えさかっている。火の勢いが弱まるのは八十歳くらいではないか。八十歳を超えると、生気が少しずつ消えていって、あまり苦しまずに死んでいける歳に近づいていくのであろう。

凡人が苦しまずに死にたいのであれば、最良の答えは「長生きをすること」に尽きるのではないだろうか。もし、九十五歳くらいまで歳を重ねれば死ぬことさえ怖くなくなるのだとすれば、長生きをしさえすればいいということになる。そう考えれば、長生きをしようという意欲も湧くし、不思議に心も安らぐ。

ただ、問題は歳をとってから、その境地に達するまでのあいだである。「十分に生き切った」という境地に達するまで、ただただ退屈な時間を過ごすなどは御免である。そうならぬためにも修養を積み、人間学を学び、分福、植福を行なっていくべきなのであろう。

バイブルを読むのも一つの方法である。何百年、何千年と多くの人に読み継がれてきたものを読むことは価値がある。キリスト教徒であれば祈りを繰り返すのもいい。仏教徒であれば、写経をするのもいいだろう。

そのような時間は、本当の幸せを見つめる時間ともいえる。高齢になってから、そういう時間をつくっていくことは、自分自身にとって、やはりかけがえのない機会になるのではなかろうか。

第七章

「幸せな日々」のためにやるべきこと

冷暖房で日々の幸福度は劇的に上がる

日本の春夏秋冬の移り変わりは、文化風土的にも審美的にも非常にありがたいものである。だが、その環境にいかに適応するかという点では人間に一定の苦労をかけるものであることも、考慮に入れておかねばならない。

老人は、環境に対する適応能力が著しく落ちる。だからこそ、冬は暖かいところにいて、夏は涼しいところにいるほうがいい。昔の人が、わりと早く亡くなったのは、冷暖房が発達していなかったから、気温変動にうまく身体を適応できなかった面もあるのではないか。

その点からも、自分に最適な環境を構築できる冷暖房について考えることは、とても大切なことである。冷暖房のコントロールがうまくいけば、日々の暮らしの幸福度を劇的に上げることができる。

そのことを最初に痛感したのは、夏の冷房であった。

私が若かったころは、ともかく夏の高温多湿に大いに困惑させられるのが常だった。夏の三カ月間はまったく頭が働かない。これがいかに不利なことかを知ったのは、ドイツやイギリスに留学して、かの地の湿気や気温が日本よりも低く、夏もかなり快適に勉強できることを体験したからである。「これでは日本人は、ヨーロッパ人に勉強でかなうはずがない。彼らの一年は、日本人の一年よりも夏の三カ月分だけ長いのだから」と嘆かざるをえなかった。

そこで私は、かなり早い時期にクーラー（現在ならエアコンといったほうが通じるかもしれないが、最初は冷房機能だけだった）を自宅に導入し、『知的生活の方法』でもその効用を大いに説いたのであった。

〈ある年、思い切ってクーラーを付けたのである。それはまったく魔法の如きものであった。夏休み中、まるまる東京にいて勉強できたのである。健康状況はよくなったとしても悪くはならなかった。疲労しないから体力が落ちないのだろうと推測している〉（『知的生活の方法』）

これはまさに、心の底からの実感だった。この本が発刊された当時（昭和五十一年〈一九七六〉）は、クーラーの普及率はまだまだ低かった。

幸いに、最近ではエアコンの普及率も上がり、夏を涼しい場所で過ごせることは普通のこととなった。これは日本が夏の三カ月間を取り戻したようなものであり、大いに嘉《よみ》すべきことであろう。

とはいえ、まだまだ猛暑の日には熱中症で亡くなる人も多い。やはりエアコンは導入すべきであろう。ことに歳を重ねたら、エアコンはぜひとも使わなければいけないと思う。

もちろん、エアコンを忌避する人たちの気持ちもわからないわけではない。前章でも紹介したノーベル賞受賞者のアレクシス・カレルは、環境への適応を繰り返すことこそ、人間を強めると述べている。寒いときにはぶるぶる震えて、暑いときには汗をかく。そういう体験を繰り返して適応能力を高めることが、生物体としての人間の価値を高めるという。なるほど、子供や若い人が、暑いときに涼しい部屋にずっといて、寒いときに暖かい部屋でずっと過ごすことは、身体の適応能力を下げてしまうであろう。暑さ、寒さは、若いころまではきちんと体験しておいたほうがいい。

しかし、本章の冒頭に書いたように、老人は環境適応力が大幅に落ちるのだから、若いころと同じ感覚ではいけない。老人の場合には、冷暖房は必須である。加えていうならば、どのように使うかも十分に気をつけなければならない。

夏の夜、寝る前に寝室を冷房しておくのはいい。だが、寝ているあいだも冷やし続けると寒くなりすぎる。朝まで冷房をかけて、冷気に当たり続けるのは身体によくない。寝る前に冷房を切る方法もあるが、それだと、寝ているあいだに部屋の温度はどんどん高くなってしまう。朝まで適度な涼しさを維持するには工夫が必要になる。

最近は冷房機能もどんどん進化しているから、それを使うのもいいだろうが、私は、寝室を直接冷房せずに別の部屋で冷房をかけて、寝室の戸を開けて寝るのがいいと思っている。廊下を冷房して寝室の戸を開けておくのがいちばんいいが、廊下には冷房をつけていない家が多い。たとえば隣の部屋を冷房して、その部屋と寝室の扉を開けておけば、ある程度機密性の高い家ならば同じような効果が出るだろう。二階建ての家で寝室を一階にしている場合ならば、二階を冷房しておけば冷気が下りてくる。

暑くもなく寒くもなく、朝まで快適な室温で寝られるのは、体力も奪われずに済み、まことに幸せである。

「床暖房」は老人の幸せの最たるもの

問題は冬である。夏の苦しさは、エアコンによって一発で解消できたが、暖房ではこれまで苦労をし続けてきた。

私は寒い東北で育ったから、冬の寒さはよく知っている。学生として東京に出てきてからは少しはマシになるかと思ったが、上智大学の寮はいわゆるカマボコ寮だったから、とても寒かった。冬は部屋の中にいても外と同じくらいに寒い。寮の中では、どてらを着て過ごすしかなかった。それでも寒いので、父が闇屋から買ってくれた飛行機乗りが履く革靴を履いていた。上空を飛ぶ飛行機はとても冷えるので、飛行機乗りは毛皮のついた革靴を履いていた。その靴を履いて、どてらを着て、寮の部屋の中で勉強をしていた。

その後、ドイツに留学したが、ドイツの学生寮はすべてセントラルヒーティングだった。まだ戦後十年ほどしか経っていないのに、学生のために設備が整った寮を建てていた。同じ敗戦国でこれほどの違いがあることに驚いた。セントラルヒーティングなら、部屋の中で厚着をしなくても勉強ができる。

日本にいるときには、寒い日はこたつに入って勉強をしていたが、こたつに入っていると能率が上がらないし、あとになって疲れてくる。そこでストーブを使おうと思い、最初に練炭ストーブを買ってみたが、これは使っていると頭が痛くなる代物であった。昔の日本家屋は気密性が低かったから死ななくて済んだが、下手をすれば一酸化炭素中毒で死に至ることもあるのだから恐ろしい。そんな暖房などとても使えないし、知的生活にも酸素欠乏は害でしかないから、早々に見切りをつけた。

しばらくしてオイルストーブが日本に入ってきた。イギリスのストーブを使ったところ、性能がよく、頭が痛くなることはなくなった。ドイツのオイルストーブも購入してみたが、イギリスのストーブがいちばんよかった。

ストーブを各部屋で使うと家の中の酸素が足りなくなる。煙突を薦められたため、煙突を使うオイルストーブを導入した。ちょうど子供を育てる時期だったので、ストーブの周りに金網を張って、そこでおしめを乾かしていた。

しかし、書斎のような部屋には煙突はつけられない。仕方なく、はじめは電気ストーブや、電気スリッパを履いてしのいでいた。エアコンを導入してからは、それで暖房もできるようになったが、三階まで吹き抜けになっている書庫はうまく温度調節ができない。夏は三階で冷房を入れると涼しくなり、冷房を止めてもいつまでも涼しさが保たれるのだが、秋冬になって寒くなると暖めようがない。吹き抜けだから、エアコンをどれほどかけても暖気は上にいってしまうのである。部屋全体が温まるほどにかけると、どうしても頭がボーっとしてしまうが、それでも足先は冷たいままである。仕方なく、なお電気スリッパを履いたりしてみたがダメで、小さい書斎に移って、足は小さい電気ストーブで温めた。

そこで、新しく建てた家の書斎では床暖房を入れたのだが、これが大正解であった。生活環境面において、「床暖房」は幸せの最たるものである。最近、心の底から、そう実感している。人間は足が温かくなると、部屋が暖かくなくても寒く感じないものだ。床暖房がこれほどありがたいものだとは思ってもみなかった。

今では、書斎も寝室も床暖房にしている。寝室は寝る前まで床暖房を入れておいて、床暖房を切ってから寝る。朝起きるころまでは適度に温かさが保たれている。床暖房のポイントは、温かくなったらすぐに切ることだとわかった。切らないと熱くなりすぎてしまう。

寝室の場合、床暖房で下から温めると、何となく布団も温まっている。明け方などでも、実にいい温度だ。あまりにいい気分で寝ることができるので、もし、このように寝ることの延長で死ねるのならば、死も悪くないなと思ってしまうほどである。本当に床暖房はこたえられない。

床暖房に慣れてしまうと、ホテルや旅館には泊まれなくなる。夏は冷房を切って我慢して寝ればいいが、冬はエアコンの風で暖める部屋では気持ちよく眠れない。ホテルや旅館も、どんどん床暖房を導入すべきであろう。

暖房の決め手は床暖房にあると、私は思う。床暖房を使うと足がポカポカして寒さを感じないので、エネルギー効率の面でもよいのではないか。寝室だけでも床暖房にするのがお奨めである。床暖房は、つくづく老人の幸せの最たるものである。

井戸を掘ったらいい水が出るところに住む

井戸を掘ったらいい水が出てくる土地こそ、住むために最高の場所だと私は思うし、そういう土地に住めることは幸せなことだと思う。

昭和四十五年（一九七〇）に、私は東京の練馬区に居を構えたが、当時、そのあたりは、文明的なものといえば電気くらいしか来ていなかった。水道もなく下水もなかった。道路も舗装されていなかった。水道が来ていなかったから、どの家も井戸を掘った。

幸いなことに、私が居を構えた地域は、井戸を掘るといい水が出てきた。聞くところによると、東京では井の頭、善福寺、石神井の三カ所が多摩地区の山々から流れてきた地下水が湧き出るところなのだという。私が住んでいたのは、石神井の近くだったから、いい水が出たのである。これは、とてもありがたいことであった。

水道が通るようになったら多くの家は井戸をやめてしまったが、私の家は井戸をやめなかった。井戸を続けたのは、庭の池に鯉を飼っていたからだった。池の水を三分の二くらい井戸水から水道水に変えたところ、鯉がすべて死んでしまったことがあったのである。人間の飲み水としては、水道水はまったく無害だが、しかし、水の中で生きる魚には害があるようだった。

そこから転居して今の住まいに移るときも井戸を掘った。幸い、この場所もいい水が出るところであった。ただし近くに池があるので、池の水と混ざらないように五十メートルほど掘り下げた。五十メートルとは、かなりの深さだが、そこから水をくみ上げて、家族の飲み水と鯉のために井戸水を使っている。鯉には最高の環境だと思う。

井戸水をあまりに使いすぎると地盤沈下を招くと心配する人がいるが、工業用に井戸水を使うのならともかく、生活用に使う程度なら何の問題もなかろう。

とはいえ、どこでも井戸水が出るわけではない。私の知人が埼玉県に別荘を建てた。その人は別荘に池をつくろうとした。埼玉県の奥のほうだったから、掘れば水が出てくると思っていたようである。ところが、掘っても掘っても井戸水は出てこなかった。その地域は、昔、川底だったそうだ。結局、彼は池をあきらめて、大きな石を集めて石庭をつくった。

井戸を掘っていい水が出てくる場所は、きっと昔から人間が喜んで住んだ土地であろう。井戸水が出るところに住んで、井戸水を飲めるだけでも幸せなことである。

「生前葬」はかけがえのない記憶を残す

今から二十年以上前になるが、家内の伯父が亡くなった。会葬には北海道など遠くから親類が集まってきた。そのときに、なんと不合理なことかと感じた。亡くなった人は、自分の死後に北海道から会葬に来てくれた人がいることなどわからない。どうして生きているうちに会わなかったのだろう、と思った。

そこで私は、自分の生前葬をやることにした。田舎に帰って、いとこや、いとこの子供たちに声をかけて、温泉旅館で生前葬をした。みんなとても喜んでくれた。

私の親戚は鶴岡の付近に住んでいる者が多い。しかし、父方は鶴岡から見て山側、母方は鶴岡から見て海側の村にいるので、会う機会はほとんどない。私の生前葬で父方の親類と母方の親類が会って、それが契機で縁談も生じた。とてもいい機会になったと思う。

二年前には私の次姉の米寿の祝いをした。今年は、その姉の卒寿の祝いもやった。

今の子供たちは、あまり親類を意識しないで育つ子が多いかもしれないが、親類が一堂に会すると子供や孫たちもけっこう喜ぶ。たとえば、東京で育った子は「自分には田舎にこんなに親類がいる」と知ることが喜びになるし、田舎で育った子も「自分には東京にこんな親類がいる」と知って嬉しくなる。最初は人見知りをしていても、さすがは親類だけに、すぐに打ち解けて遊びだす。

私の郷里には出羽三山もあり、日本海もある。第二章でも述べたが、若いころは、夏休みには子供たちを郷里に連れていき一週間くらい過ごしていた。東京に住んでいて湘南海岸に行くのは、ちょっと出かけたという程度だが、みちのくの海を見せると、子供には強烈な印象が残るようだ。孫たちにもその海を見せた。

私のように田舎で育った者の場合は、子供や孫を田舎に連れていくと、子供や孫は自分の根っこのようなものを感じてくれるようである。

子供や孫に残してやれるいちばんの財産は、子供のころの楽しい記憶である。その意味でも、多くの親類に集まってもらって生前葬を行なうことは素晴らしいことだと思う。子供や孫たちにとっても、きっと忘れがたい楽しい記憶が残る機会となるであろうから。

遺産相続など案外脆《もろ》い

お金持ちの人を何人か知っているが、財産というのは案外脆《もろ》い。たとえば、五億円の資産を持っていたとしても、昔は子供が三、四人はいたから遺産相続すると一人一億円くらいになる。相続税を引かれて、もっと少なくなるかもしれない。そういうお金は、いつのまにか消えてしまう。同級生の中に羽振りのよかった温泉旅館を相続した人がいた。しかし、最終的には旅館を閉めてしまった。大きな財産をもらった人でも、いつのまにか雲散霧消してしまうようである。

親から受け取った遺産を、子供の留学資金に充てる人はまだいい。だが、留学に向いていない子を無理やり留学させているケースもある。子供が留学先で何も学ばず、ただ向こうの人と結婚して、結局、かの地に住み着いてしまったという話をいくつか聞いたことがある。

子供に財産を残しても、消えてしまうことが多いから、多少の財産を持っている人は、ただ貯め込むのではなく、生きているうちに、どんどん子供や孫たちと旅行でもして、子供や孫に楽しい思い出を残せるよう力を尽くすべきであろう。

正月でも夏休みでもかまわないので、子供や孫を集めて一週間くらいどこかに行って、みんなで楽しく過ごす。兄弟、いとこどうしでも普段は会う機会はほとんどないだろうから、ときどき会う機会をつくってやる。子供や孫には楽しい記憶が残る。お金はかかるが、そういうことにお金を使ったほうがいい。

私は、子供三人の結婚式も、派手なものではないけれども仲人さんを立て、たくさんのお客さんを呼んで披露した。経済的にはかなりの負担だったが、結婚した当人たちにとっては、忘れがたき記憶になっていると思う。

歳をとってからよく思い出すのは、幼いときのことだ。幼いときに両親からしてもらったことを思い出す。兄弟との記憶や、いとことの記憶も残っていて、ふと思い出す。それらは楽しい記憶として残っている。きっと、子供や孫も同じではないか。

子供や孫に思い出を残したり、教育をつけてあげることは、自分が生きていればこそできることである。死んでしまったら後の祭りである。下手な財産を残すよりも、まずそちらを先に考えたほうがいい。

この人とまた会えるとはかぎらない

思えば私は、世間からは無駄と思われるような式をよくやっているほうだ。大学から名誉博士号をもらったときも、大学を退職するときも、多くの人に集まってもらって祝ってもらった。馬鹿にならないお金がかかったが、そのときに集まっていただいて本当によかったと思っている。そのときにお会いした人の中でも、もう会えなくなった方が少なくないのだ。

金婚式は三カ所で行なった。生前葬を崩したようなかたちでやった田舎での金婚式、上智大学の関係者に集まってもらった簡単な金婚式、それから正式な金婚式は親しくつきあっている方を中心に集まっていただいてホテルニューオータニで行なった。

そのときの写真を見ると、懐かしい顔がたくさんあるが、あれからたった五年なのに亡くなっている方もたくさんいる。「あのときに会っておいてよかったなあ」としみじみ思い、感慨が胸にこみ上げる。

私くらいの歳になると、「この人とは人生の中でまた会えるとはかぎらない」ということがよくわかってくる。できるだけ会える機会をつくっておきたい。

私が集まりが好きなのを知っているためか、長男が計画を立てて音楽会付きディナーショーのようなことをやってくれたこともある。家内が八十歳になったときには、親しい方の金婚式と合同でパーティを開いた。集まっていただいた方は本当に親しい少数の人だったけれども、私はとても楽しかった。

偉い人がたくさん集まる会よりも、そういう集まりのほうが、ずっと楽しい。歳をとってからは、身近な人間関係や家族関係などを色濃く感じながらの生き方が、やはり、いちばんの幸せになってくるのである。

人生の本当の幸せは平凡なところに宿る

第一章の最後に、私はもう一度若くなりたいとは思わない、と書いた。そしてその理由は、自分の一生は日本に生まれたことから始まって、私はきわめて幸運に恵まれたと思っているからだ、と述べた。

生まれた国や親の存在は特別だとしても、学校の先生にも大いに恵まれた。特に高校時代の恩師佐藤順太先生に出会えたことは、幸運だった。大学に入ってからも、上智大学は小さな大学だったから立派な先生に個人的に教わることができた。

戦後間もない時期には、どんなお金持ちでも簡単に留学できなかった。その時代に私の場合は、偶然に偶然が重なってドイツのミュンスターとイギリスのオックスフォードに留学することができた。学位を取って帰ってきたときには、まだ二十八歳。同じくらいの歳の人で、東大へ行って学者になった人たちは、十年くらい遅れて留学している。同世代の多くの学者が留学したのは高度成長後である。

もう一度生まれ変わったとしても同じ幸運に恵まれるとはかぎらないし、そういう幸運を与えてくれた人たちに、また巡り会うことができるかどうかもわからない。私はただただ、このような幸運に感謝するばかりである。これまでの人生に心の底から満足しているし、幸せだったと感じている。

一つだけ野心があるとすれば、前述したが、大修館書店の月刊『英語教育』に続けている連載回数をさらに伸ばすことだ。半世紀くらい連載を続けていて五百二十数回になっている。六百回までは無理かもしれないが、それに近づくように伸ばしていきたい。これは私の楽しみの一つだ。

好きな本を読み、頭に浮かんだ考えを書いていく生活は、これからも変わるまい。とりわけ読書は、自分よりもずっと偉い人たちの考え方に触れることであり、その人たちと対話することでもあるから、ずっと続けていきたいと思っている。

今は、流れるままに日々暮らしながら、幸せを感じている。その幸せのあり方は、本書で書いてきたとおりである。あとは、佐藤一斎の「一死睡るが如し」ではないが、「もう死んでも惜しくない」と感じられる歳まで生きられたらいいな、と思う。

やはり人生の本当の幸せは、家族とのふれあいなど、ごく平凡なところにこそ宿るのではなかろうか。これが私の最終結論である。

あとがき

「カイロー」といえば、ある年齢以上の日本人の多くは、偕老同穴の「偕老」という漢字を思い浮かべるであろう。『詩経』に、

執㆓子之手㆒　子ノ手ヲ執リテ
與㆑子偕老　子ト共ニ老ユ
穀則異㆑室　生キテハ則チ室ヲ異ニシ
死則同㆑穴　死スレバ則チ穴ヲ同ジクス

などという言葉が見える。意味は、夫婦の仲が細やかで永遠に変わらぬことをいったものである。「あなたと共に老いてきました」「生きているときは寝室を別にしてきましたが、死んだら同じ墓穴に入るのです」というような意味だが、現在、私が八十六歳、妻が八十歳、

結婚して五十六年になる。まさに、この『詩経』の言葉通りであると感じている毎日だ。

妻とは六十歳を超えたころから、部屋の温度の好みが違うので、その点でも『詩経』の通りに寝室は別になった（もっとも私と妻の寝室は隣で、戸一枚を隔てているだけだから、大きい声を出せば聞こえる）。

こういうカイロー（偕老）生活をやっていると、カイローは「快老」になる。その生活をレポートしてみたいと考えていたが、何となく、のびのびになっていた。ところがPHP研究所から月刊誌『Voice』に「老人の放談」を連載して新書にしたいと提案いただいた。それで同誌に「老耄《ろうもう》座談」というものを連載することになった。何しろ老人の座談だから、内容的には快老生活者、あるいは偕老生活者の生活と感想の報告になってしまった。ちょうどそのころ、私は右腕を折って執筆不能の状態だったので何度かの口述にしてもらい、それが雑誌に連載されたのである。今回、本にまとめるにあたり大幅に加筆や削除をした。

何しろ老人の話だから、知らないうちに自慢話も入り込んでいると思われるが、嘘は語らなかったつもりだ。老人の率直な自慢話が若い者に役立つ例は、私が大学院生のころに読んだ本多静六先生の御本で体験済みである。

私は大学の助手になってから二十五年目ごろに『知的生活の方法』および『続　知的生活

の方法』を出版していただいた。今年は私が退職金をいただいてから二十五年近くになる。つまり、「知的生活」を志し、それを奨める本を書いた著者が、約四十年後にはどうなっているかのレポートが本書である。今、四十年前に書いた『知的生活の方法』を見ると、われながら忠実にそこに述べた理想を実践して来たんだなァという感慨を持つ。少なくとも私は、偽善者的なことや、ハッタリやイイフリコキ（いい振りをする者）のいうようなことを主張していなかったことに満足している。

それから四十年、あの生意気な著者は、今は八十六歳だ。本書は、人生の結末が視野に入ってきた後期（末期？）高齢者の生活と意見のレポートである。同じくらいの年齢以上の他の老人たちへの参考にはあまりならないだろうが、しかし、若い人、あるいは壮年期の人がご自分の老後の生活をイメージするときには、何らかのヒントを提供しているかもしれない。そうなれば、それこそ、この老人の望外の幸せである。

本書の出版をご企画下さった川上達史氏、永田貴之氏に深く感謝する次第です。

平成二十八年九月上旬

渡部昇一

PHP新書

PHP INTERFACE
http://www.php.co.jp/

渡部昇一［わたなべ・しょういち］

昭和5年、山形県生まれ。上智大学大学院修士課程修了。ドイツ、イギリスに留学後、母校で教鞭をとるかたわら、アメリカ4州の大学で講義。上智大学教授を経て、上智大学名誉教授。Dr.Phil.（1958）、Dr.Phil.h.c.（1994）。専門の英語学だけでなく、歴史、哲学、人生論など、執筆ジャンルは幅広い。昭和51年、第24回日本エッセイストクラブ賞。昭和60年、第1回正論大賞受賞。
近著に『本当のことがわかる昭和史』（PHP研究所）、『決定版　日本人論』（扶桑社）、『日本人の遺伝子』（ビジネス社）、『渡部昇一青春の読書』（ワック）など多数。

実践・快老生活

知的で幸福な生活へのレポート

（PHP新書1067）

二〇一六年十月二十八日　第一版第一刷
二〇一六年十一月二十一日　第一版第二刷

著者――渡部昇一
発行者――岡　修平
発行所――株式会社PHP研究所
東京本部――〒135-8137　江東区豊洲5-6-52
学芸出版部新書課　☎03-3520-9615（編集）
普及一部　☎03-3520-9630（販売）
京都本部――〒601-8411　京都市南区西九条北ノ内町11
組版――有限会社メディアネット
装幀者――芦澤泰偉＋児崎雅淑
印刷所
製本所――図書印刷株式会社

ISBN978-4-569-83153-4

PHP新書刊行にあたって

「繁栄を通じて平和と幸福を」(PEACE and HAPPINESS through PROSPERITY)の願いのもと、PHP研究所が創設されて今年で五十周年を迎えます。その歩みは、日本人が先の戦争を乗り越え、並々ならぬ努力を続けて、今日の繁栄を築き上げてきた軌跡に重なります。

しかし、平和で豊かな生活を手にした現在、多くの日本人は、自分が何のために生きているのか、どのように生きていきたいのかを、見失いつつあるように思われます。そして、その間にも、日本国内や世界のみならず地球規模での大きな変化が日々生起し、解決すべき問題となって私たちのもとに押し寄せてきます。

このような時代に人生の確かな価値を見出し、生きる喜びに満ちあふれた社会を実現するために、いま何が求められているのでしょうか。それは、先達が培ってきた知恵を紡ぎ直すこと、その上で自分たち一人一人がおかれた現実と進むべき未来について丹念に考えていくこと以外にはありません。

その営みは、単なる知識に終わらない深い思索へ、そしてよく生きるための哲学への旅でもあります。弊所が創設五十周年を迎えましたのを機に、PHP新書を創刊し、この新たな旅を読者と共に歩んでいきたいと思っています。多くの読者の共感と支援を心よりお願いいたします。

一九九六年十月

PHP研究所